채널마스터
CHANNEL MASTER

채널마스터 2
CHANNEL MASTER

한태민 현대 판타지 장편소설

초판 1쇄 찍은 날 | 2018년 1월 18일
초판 1쇄 펴낸 날 | 2018년 1월 25일

지은이 | 한태민
펴낸이 | 예경원

기획 | 위시북스
편집책임 | 이규재
편집 | 이즈플러스

펴낸곳 | 예원북스
등록번호 | 제396-2012-000132호
등록일자 | 2012. 7. 25
KFN | 제1-210호

주소 | 경기도 고양시 일산동구 호수로 646-24 위너스21 II 빌딩 206A호 (우)10401
전화 | 031-819-9431 팩스 | 031-817-9432
E-mail | yewonbooks@naver.com

ⓒ한태민, 2018

ISBN 979-11-6098-762-1 04810
       979-11-6098-760-7 (set)

채널마스터

2 CHANNEL MASTER

WISHBOOKS MODERN FANTASY STORY

한태민 현대 판타지 장편소설

Wish Books

채널마스터
CHANNEL MASTER

SECURITY

CONTENTS

CHAPTER 1

한수가 단상으로 올라왔다. 그 모습을 보며 재학생들은 물론 신입생들 사이에서도 소요가 일었다.

일단 키가 컸다. 그리고 말랐다 보니 옷 태도 살아 있었다.

그뿐만 아니라 외모도 훈훈했다.

거기에 역대급 불수능이라고 평가받던 전년도 수학능력시험 만점자였다.

당연히 관심이 갈 수밖에 없었다.

개중 몇몇 재학생은 한수가 장기자랑만큼은 정말 못하길 바라고 있었다.

차라리 그렇다면 저 완벽함에 흠집을 낼 수 있을 거라고 생각해서였다.

그러나 한수는 미리 준비해 온 비장의 무기가 있었다.

한수가 단상에 서자 서윤은 초조한 마음을 애써 감췄다.

여기서 만약 한수까지 장기자랑을 내빼 버리면 분위기는 정말 돌이킬 수 없을 만큼 최악으로 치달을 게 뻔했다.

"후배님, 자기소개 부탁 좀 할게요."

서윤 말에 한수는 거침없이 입을 뗐다.

"올해 정시로 경영학부에 들어오게 된 17학번 강한수입니다. 군대는 이미 갔다 왔고 그래서 스물세 살입니다. 그러나 나이에 상관없이 편하게 대해 주시면 좋습니다. 고등학교는 창문고를 졸업했습니다."

"여자 친구는요?"

이번에는 서윤이 대놓고 물었다.

그 발언에 재학생들이 야유 소리를 내질렀다.

"우우우우~"

신입생들도 합세했는데 개중에서 여학생들의 야유 소리가 유독 컸다.

아까 전 서윤한테 들이댔던 신입생 얼굴이 새빨개졌다.

그러나 서윤은 당당했다.

"아니, 과책으로 진행하는데 이 정도는 물어볼 수 있는 거죠. 그래서 여자 친구는 있어요?"

"아뇨, 없습니다. 선배님."

"좋네요. 그럼 마저 자기소개해 줘요."

그리고 한수가 마저 소개를 끝냈을 때 서윤이 눈을 초롱초롱 빛내며 입을 열었다.

"그럼 유일한 수능 만점자의 장기자랑 무대를 한번 볼까요? 뭘 준비해 왔죠?"

아까 전 장기자랑 준비를 잘 해왔냐는 질문에 망설임 없이 제대로 해왔다고 했다.

기대될 수밖에 없었다.

그리고 한수는 자신만만한 목소리로 대답했다.

"노래를 준비해 왔습니다."

오늘이 바로 그날이었다.

K-POP TV를 보고 능력을 쌓으며 코인노래방에서 틈틈이 연습해서 기른 실력을 폭발적으로 뿜어낼 차례였다.

하지만 그 사실을 모르는 재학생들이기 때문에 한수가 장기자랑으로 노래를 부른다는 이야기에 표정이 금세 어두워졌다.

노래는 웬만큼 잘하는 게 아닌 이상 썩 선호되지 않는 장기자랑이다. 진짜 아예 음치라면 모를까 어쭙잖게 잘해서는 좋은 반응을 이끌어내기 어렵다.

그렇지만 준비해 왔다고 하는데 안 들을 수도 없는 일이었다.

그리고 한국대학교 경영학부 길벗반의 신입생 환영회에서 한수의 장기자랑이 시작됐다.

한수가 장기자랑으로 노래를 부른다고 했을 때 사람들의 반응은 반반으로 나뉘었다.

첫 번째 반응은 기대였다.

이렇게 분위기가 개판이 됐는데 장기자랑으로 노래를 골랐으면 그만큼 잘해주겠지, 라는 기대감이 있었다.

개중에서 가장 기대하고 있는 건 바로 옆에 서 있던 서윤이었다.

두 번째 반응은 우려였다.

어떤 노래를 부른다고 해도 이렇게 가라앉은 분위기를 띄우긴 어려울 터였다. 만약 발라드라도 부르는 날에는 분위기는 더욱더 우중충하게 가라앉을 게 뻔했다.

그렇게 두 가지 상반된 반응이 공존하는 가운데 한수는 천천히 숨을 골랐다.

한수 역시 이 분위기를 느끼고 있었다.

그렇지만 이왕 하는 장기자랑 제대로 망가질 생각이었다.

그래서 준비해 온 노래도 특별했다.

벌써 재학생 선배들이 박자를 맞춰주기 시작했다.

"한 박자 쉬고~"

"두 박자 쉬고~"

"세 박자 쉬고 마저 들어간다!"

그리고 한수가 첫 음을 떼었다.

방에서 혼자 연습한 적은 많았지만 이렇게 많은 사람 앞에서 불러보는 건 처음이었다.

그래서일까?

박자를 살짝 놓치긴 했지만 한수는 긴장을 풀고 평소 하던 대로 노래를 부르기 시작했다.

이러지도 못하는데 저러지도 못하네.

첫 소절 가사에 신입생들은 물론 재학생들마저 눈을 휘둥그레 떴다.

전혀 예상하지 못한 노래였다.

"푸하하하. 저거 진짜 미친놈이네."

"크큭, 근데 노래는 또 겁나 잘 부르는데?"

"와, 걸 그룹 노래인데 기똥차게 부른다. 진짜."

"안무도 연습해 온 거야?"

"누가 우등생 아니랄까 봐 대단하다. 대단해."

"그런데 춤은 진짜 못 춘다. 크크."

우중충하게 가라앉았던 강의실 분위기가 확 살아났다.

한수가 선곡해 온 노래는 대세 걸 그룹 트와이스의 「T.T」

였다.

노래가 계속될수록 한수는 아예 넓은 단상을 통째로 써가며 안무까지 곁들었다.

한수를 향해 적대적인 시선을 보내던 재학생들이나 신입생들마저 어처구니없어할 만큼 한수가 선곡한 노래는 기가 막혔고 또 특별했다.

누가 멀대처럼 큰 신입생이 귀엽고 깜찍한 걸 그룹이 추는 안무에 노래를 준비해 올 거라고 생각할까?

게다가 춤을 못 추니까 오히려 더 보기 좋았다.

그래서였을까?

반응은 열광적이었고 분위기도 흥겹게 살아났다.

특히 'I'm like TT' 부분에서는 다 함께 TT 안무를 따라 할 만큼 야단법석이었다.

흥에 겨운 몇몇 재학생 선배들이 단상에 올라와서 함께 안무를 추기 시작했고 분위기는 삽시간에 소주 몇 짝은 비운 것처럼 달아올랐다.

그렇게 3분 동안 한수가 가성과 진성을 넘나들며 열창을 끝냈을 때 사방에서 앵콜 요청이 쏟아졌다.

"앵콜!"

"앵콜! 앵콜!"

"더 불러라! 다른 걸 그룹 노랜 없냐?"

"섹시 안무도 보여줘!"

남녀의 목소리가 뒤섞인 가운데 서윤이 달아오른 분위기를 애써 진정시켰다.

"자자, 그만. 다른 동기들 장기자랑도 봐야죠. 나머지는 이따 밥 먹고 노래방 가서 듣는 거로 하고. 후배님, 고생했어요."

"감사합니다, 선배님."

한수는 고개를 꾸벅 숙여 보인 뒤 단상에서 내려왔다.

그런 한수를 보던 서윤이 자신도 모르게 웃음을 흘렸다.

뻔한 발라드를 부를 줄 알았는데 선곡해 온 게 최신 걸 그룹 노래라니.

생각지도 못한 발상이었고 그래서 더 신선했고 더 기억에 남았다.

정말 특별한 장기자랑 무대였고 신입생 환영회 이후 길벗반 전체가 참여하는 팀별 장기자랑에서도 요긴하게 써먹을 수 있을 것 같았다.

그 이후로도 장기자랑은 계속됐다.

한수가 한번 분위기를 깔아두자 데면데면하던 신입생들도 저마다 장기자랑을 했다.

개중에는 막춤을 춘 애도 있었고 마술을 선보인 애도 있었다.

그리고 어떤 남자애는 그렇게 금기시되는 발라드를 불렀는데 모두의 기립박수를 받을 만큼 실력이 빼어났다.

그 녀석은 아까 한수한테 말을 건넸던 김승주였는데 자리로 돌아오면서 어깨를 으쓱해 보였다.

"형, 저 어땠어요?"

"잘 부르는데? 노래방 좀 다녔나 보다?"

"스트레스 풀기에 노래방만큼 좋은 곳도 없거든요. 근데 제 실력을 발휘 못 한 거 같아 아쉽네요."

"어차피 3차로 노래방 간다니까 그때 한 번 더 불러봐. 기대할게."

대수롭지 않은 듯 말하는 한수의 모습에 승주가 눈매를 좁혔다.

실력 발휘를 못 했다고 말하긴 했지만 방금 자신의 무대는 그야말로 온 힘을 다했던 무대였다.

"고마워요, 형. 형은 또 걸 그룹 노래 부를 거예요?"

"어? 아니. 하나 더 준비해 온 게 있는데 그거 불러줄게."

"좋아요."

한수는 흔쾌히 고개를 끄덕였다.

그 이후 맨 처음 장기자랑을 하지 못했었던 강샛별마저 단상에 나와서 장기자랑을 하고 내려간 뒤에야 신입생 환영회가 끝이 났다.

정확히 이야기하면 이제부터 시작이었다.

그 이후 과책을 포함한 재학생 선배들이 그룹으로 나뉘었고 각자 맡은 그룹과 함께 움직이기 시작했다.

개중에서 가장 인기가 많았던 건 역시 한수였다.

아까 전 걸 그룹 노래를 열창했던 탓에 특히 여자 선배들이 한수를 자신의 그룹으로 끌어들이고자 했었다.

그러나 우선권은 과책인 서윤에게 있었고 서윤은 주저 없이 한수가 속해 있는 그룹을 선택해 버렸다.

그 뒤 잘게 잘게 쪼개진 그룹들은 저마다 2차 장소로 이동하기 시작했다.

한수가 속한 그룹이 향한 곳은 한국대입구역 근처에 위치한 술집이었다.

가만히 간판을 올려다보던 여후배 한 명이 서윤을 보며 물었다.

"저 선배님, 벌써 술 마시는 거예요? 저희 밥 먹으러 가는 거 아니었어요?"

"밥하고 술 하고 같이 먹고 마시면 되죠. 누가 밥 먹고 나서야 술 마실 수 있다고 하던가요?"

"그, 그건 아니지만."

"왜요? 술 못 마셔요?"

아직 저녁이라고 하기엔 일렀다.

이제 막 오후 6시를 지나가고 있었으니까.

그러나 서윤은 거침없었다.

"만약에 술 못 마시면 미리 말해요. 억지로 권유는 안 하니까. 아, 한수…… 후배님은 어때요? 술 잘 마셔요?"

한수는 서윤의 질문에 곰곰이 생각에 잠겼다.

자신은 술을 얼마나 마셨던가?

그러고 보니 여태껏 한수는 술에 취해 쓰러져 본 적이 없었다. 자신의 주량이 정확히 어느 정도인지 스스로 모를 정도다.

한수가 호기롭게 대답했다.

"주시는 대로 마시겠습니다."

자신 있는 대답에 서윤이 눈을 빛냈다.

참고로 그녀는 전년도 주신(酒神)이었다.

그녀가 과책이 되는데 결정적으로 영향을 끼친 요인이기도 했다.

"좋아요. 그럼 한번 붙어봐요. 나도 꽤 마시거든요."

그리고 본격적인 술판이 시작됐다.

네 시간이 훌쩍 지났다.

살아남은 사람은 두 명뿐이었다.

전년도 주신 서윤과 자신의 주량을 모르는 한수, 이렇게 두 명이었다.

서윤은 꼬부라진 발음으로 한수를 쳐다보며 말했다.

이미 정신이 해롱거리고 있었다.

여기가 낮인지 밤인지 안인지 밖인지 헷갈릴 정도였다.

"오~빠! 제가 이긴 거 맞죠?"

"난 아직 괜찮은데……."

한수가 말끝을 흐렸다.

아직도 정신이 말짱했다.

서윤은 그거에 불복할 수 없다는 듯 눈을 매섭게 떴다.

"그럼 한 잔 더 해요!"

잔 안에서 소주가 찰랑거렸다.

한수는 걱정스러운 얼굴로 서윤을 바라봤다.

계속 마셨다가 탈이 날지 걱정스러웠다.

"좋아. 내가 졌다. 그러니까 그만 마시자."

"패배, 인정한 거 맞죠?"

"그래. 인정."

한수가 술잔을 먼저 내려놓았다.

볼이 발그레하던 서윤이 그제야 헤벌쭉 웃었다.

"괜히 내가 과책을 맡은 게 아니라고요!"

그러면서 서윤이 한수에게 찰싹 달라붙었다. 그녀가 한수 팔목을 끌어안으면서 자연스럽게 부드러운 촉감이 느껴졌다.

한수는 갑작스럽게 벌어진 이 일에 얼굴이 벌게졌다.

그 모습을 보곤 서윤이 미소를 지었다.

"거봐요! 오빠도 취한 거 맞죠?"

"어, 어어. 마, 맞는데. 너, 너무 달라붙은 거 아닐까?"

한수가 어색하게 웃었다.

연애 경험이 아예 없는 건 아니지만 그렇다고 해서 많은 것도 아니었다.

초등학교 때를 빼면 남중-남고라는 삭막한 환경에서 지내온 탓에 연애할 기회가 많지 않았다.

대학교에 가면 무궁무진한 연애를 할 수 있을 거라고 생각했지만, 학과 생활은 반쯤 포기한 채 형설관에서 지내다 보니 그 흔한 소개팅이나 미팅 한 번 해본 적이 없었다.

그렇다 보니 여자에 대한 면역력이 사실상 0에 가까운 수준이었다.

"응? 왜요? 제가 옆에 온 게 싫어요?"

"아니, 그건 아닌데 그게, 어, 음."

한수 얼굴이 점점 더 홍당무처럼 새빨개졌다.

그때였다.

해롱거리던 서윤이 그대로 한수 어깨에 머리를 기댄 채 새근새근 잠들었다.

한수는 그 모습을 보곤 길게 숨을 내쉬었다.

조금만 더 서윤이가 도발적으로 달려들었다면 자칫 위험할 뻔했었다.

결국, 한수는 꼿꼿이 앉은 채 움직일 수 없었다.

새근새근 잠들어 있는 서윤이를 깨우고 싶지 않았다.

대략 삼십여 분쯤 지났을 때 그나마 술을 덜 마셨던 선배 두 명이 깼다.

어질어질한 얼굴로 깨어나서 허둥지둥 대던 그들은 한수에 기대어 잠든 서윤과 한수를 번갈아 바라보다가 당황스러운 얼굴로 물었다.

"혀, 형. 어떻게 된 거예요?"

"무슨 일 있었어요?"

"별일 아니야. 그냥 혼자 취해서 애교를…… 부리다가 잠들었어. 잘 자는 중이니까 깨우지 말고 다른 애들부터 챙겨."

다른 그룹에도 장수생이 적지 않았지만 한수가 속한 그룹에는 장수생이 한수 한 명뿐이었다.

그렇다 보니 한수는 같은 그룹 사람들에게 술자리에 오자마자 말을 놓을 수 있었다.

"잠시만요. 음, 일단 지방 사는 애들 빼고 서울 사는 애들은 부모님한테 연락 좀 할게요."

"부모님 연락처도 알고 있어?"

"예, 그럼요. 보통은 아침까지 달렸다가 헤어지곤 하는데 이렇게 다 뻗을 줄은 몰랐네요. 이게 다 서윤이가 너무 심하게 달려서……."

서윤이가 심하게 달리지만 않았어도 1차에서 뻗는 일은 없었을 것이다.

완급조절을 해야 했는데 너무 성급하게 달려 버리고 만 셈이다.

두 사람이 술에 뻗은 신입생들 부모님께 차례차례 연락을 돌리는 동안 한수한테 슬슬 한계가 찾아왔다.

적잖게 마신 술 때문에 화장실이 급해져서였다. 그렇다고 서윤이를 깨울 수도 없는 일이었다.

그러는 사이 학부모들이 한두 분 찾아와서 술에 완전히 녹다운된 자식들을 데려가기 시작했다.

선배들은 학부모들을 보며 연신 고개를 숙여야만 했다.

그러면서 한수가 더 이상 참지 못할 수준에 이르렀을 때였다.

"서윤아~"

서윤의 어머니가 찾아왔다.

그리고 한수에 기댄 채 잠들어 있는 서윤을 보고 서윤 어머니 낯빛이 딱딱하게 굳었다.

이 상황에서 한수가 할 수 있는 일은 어색하게 웃어 보이는 것뿐이었다.

처음 서윤의 어머니를 마주했을 때만 해도 한수는 불호령이 떨어지지 않을까 걱정했다.

일단 상황이 오해하기 딱 좋은 상황이었다.

가만히 현장을 둘러보던 서윤 어머니가 입술을 떼었다.

"자넨 누군가?"

한수가 조심스럽게 대답했다.

"처음 뵙겠습니다. 저는 한국대 경영학부 17학번 강한수라고 합니다."

"서윤이 남자친군가?"

"예? 아, 아닙니다."

"그런데 왜 우리 딸이 자네한테 기대어 자고 있나?"

"그게 같이 술을 마시다 보니 어쩌다……."

"서윤이가 여태 술 마시고 뻗은 적은 한 번도 본 적이 없었는데…… 거 참 유별난 일이야. 자네하고 대작을 했나?"

"그, 그렇습니다."

그 말에 서윤 어머니가 손가락을 까닥거렸다.

의미를 알 수 없는 그 손짓에 한수가 당황했다.

"예?"

"자네 휴대폰. 번호 불러봐."

"예, 제 번호는 010……."

한수는 의아해하면서도 순순히 휴대폰 번호를 불렀다.

한수의 휴대폰 번호를 저장한 뒤 서윤 어머니가 말했다.

"서윤이를 좋아하나?"

"예?"

"호감은 있나?"

"그게……."

한수는 당황한 얼굴로 서윤 어머니를 바라봤다.

그러나 서윤 어머니의 표정은 태연했다.

"그것도 아니면서 그렇게 어깨를 빌려준 건가?"

"예, 호감은 있습니다."

한수가 냉큼 대답했다.

아직 좋아한다고 말하긴 그래도 호감은 있었다.

그제야 서윤 어머니의 표정이 조금은 풀렸다.

"이제야 좀 남자답군. 그럼 여태 그 머리 떠받치느라 힘들었을 텐데 슬슬 일어나보는 게 어떤가?"

서윤 어머니의 언사는 거침이 없었다.

한수는 조심스럽게 서윤의 머리를 받친 채 어깨를 떼었다. 그 몸짓에 서윤이 하품을 늘어지게 하며 잠에서 깨어났다.

"하아암."

한수는 그런 서윤을 바라봤다. 선배라기보다는 예닐곱 차이 나는 여동생 느낌이었다.

실제로 서윤이 두 살 더 어리지만 방금 막 잠에서 깬 서윤은 교복을 입고 있었다면 고등학생이라고 해도 믿어질 만큼 귀엽고 사랑스러웠다.

"오빠? 어, 엄마?!"

한수를 보던 서윤이는 한수가 바라보는 방향을 쫓아 고개를 돌렸다가 눈을 휘둥그레 떴다.

"엄마가 왜 여깄어요?"

"왜 여기 있겠니? 과년한 딸이 술에 잔뜩 취해서 아무 데서나 자고 있다기에 데리러 왔지!"

"어? 제가요?"

서윤은 당황한 얼굴로 엄마를 보다가 한수를 돌아봤다.

그제야 잠시 필름이 끊긴 사이 무슨 일이 있었는지 하나도 빠짐없이 기억났다.

한수하고 계속 술을 퍼마시다시피 하다가 결국 되지도 않는 애교를 부렸던 것까지 생각이 나버렸다.

서윤 얼굴이 홍당무처럼 새빨개졌다.

그녀는 다급히 구두를 신고 술집을 빠져나가 버렸다.

한수는 어색하게 손을 흔들고 말았다.

"그럼 다음에 또 봅세."

"예예, 어머님."

서윤 어머니마저 술집을 나가고 나서야 한수는 숨을 돌릴 수 있었다. 그것도 잠시 생리적인 현상이 점점 급박하게 차올랐고 한수도 부리나케 화장실로 달려가야 했다.

서윤은 가게 밖에서 동기들을 마주했다.

아직도 술기운이 남아 있어서 정신이 어질어질했지만 방금 상황에 비하면 이건 아무것도 아니었다.

신입생 환영회에서 과책이 신입생한테 K.O 패배를 당한 것도 모자라 되지도 않는 애교까지 부리고 말았다.

시간을 돌릴 수만 있다면 다시 아까 전 술집에 들어오기 전으로 돌아가고 싶었다.

"너 원래 술 취하면 애교 부려?"

동기 질문에 서윤이가 얼굴을 붉히며 대답했다.

"내가 그걸 어떻게 알아? 여태 술 취해본 적이 한 번도 없었는데."

"와, 한수 오빠도 참 대단하다. 어쩜 그렇게 술을 잘 마시냐? 우리 길벗반에서는 네가 최곤 줄 알았는데 진짜 강자가 나타나 버린 거 있지?"

"……됐고, 계산은?"

"이제 해야 하는데……."

서윤이 의아한 얼굴로 그를 쳐다봤다.

"왜 그래?"

"자, 여기."

동기가 건넨 빌지를 받았다. 그리고 가격을 확인한 순간 서윤이 고개를 절레절레 저었다.

"이거 진짜야?"

"어. 참고로 너하고 한수 오빠 둘이서 마신 게 우리 전부가 마신 것보다 네 배 더 많아."

"……."

"아니, 무슨 둘이서 소주를 스무……."

"휴."

서윤이는 자신도 모르게 한숨을 길게 내쉬었다.

과책이 되긴 했어도 신입생들한테, 특히 한수한테는 나름대로 조신한 모습을 보여주리라 다짐했었다.

그런데 그 백년대계가 하루아침에 송두리째 박살 나고 만 것이다.

그때 가게에서 나오는 엄마가 보였다.

"계산 부탁해. 나중에 계좌 이체해 줄게. 그리고 신입생들은 다 챙긴 거 맞지?"

"어. 지방 사는 애들은 모텔로 날라야지. 먼저 들어가."

"고마워. 그럼 가볼게."

엄마와 투덕거리며 집으로 가는 서윤을 보며 두 사람은 지끈거리는 머리를 손가락으로 꾹꾹 억눌렀다.

오늘 신입생 환영회 회비는 후배들한테 짐을 떠넘기지 않기 때문에 그들 셋이서 분담해야 했다.

그런데 달랑 1차만 온 건데 무슨 회식비용이 5차, 6차까지 달려야 할 만큼 많이 나오고 만 것이다.

이미 이달 용돈은 끝났다고 봐야 했다.

한수는 지방에서 상경한 신입생들을 선배들과 함께 남녀로 나누어 모텔에 실어날랐고 그제야 집으로 돌아올 수 있었다.

그러나 끝까지 남아 선배들을 도운 덕분에 그들과의 관계는 꽤 돈독해진 상태였다.

어느새 시간은 하루를 넘겨서 다음 날이 되었고 신입생 환영회에 오기 전 아침에 소모했던 피로도는 다시 차올라 있었다.

신입생 환영회는 끝났고 이제 며칠 뒤 있을 새터 행사까지 끝나면 당분간 바쁠 일은 없을 것 같았다.

집으로 돌아왔을 때 시곗바늘은 숫자 1을 가리키고 있었다.

새벽 한 시.

방에 들어온 한수는 옷을 갈아입다 말고 어제 입은 와이셔츠를 매만졌다. 오른쪽 어깨 부분이 눅눅했다.

술집에서 술에 취한 서윤이 기대어 잠들 때 중간중간 침을 질질 흘려서였다.

그래도 술에 취한 그녀는 예뻤고 귀여웠다. 무엇보다 애교가 가장 인상에 남았다.

서윤이를 생각하던 한수는 휴대폰을 켠 다음 메신저에 접속했다.

새롭게 열린 단톡방이 두 개 있었다.

하나는 길벗반 통합방이었고 다른 하나는 길벗반 17학번 동기방이었다.

한수는 개중 통합방을 확인했다.

그곳에는 서윤이가 술에 취해 뻗은 모습이 적나라하게 담긴 사진이 여러 장 올라와 있었다.

-와, 과책이 1차에서 뻗었어?

-서윤이가?

-대박. 누가 서윤이 죽였냐?

-야. 그래도 인간적으로 프라이버시는 지켜야 하는 거 아니냐?

-근데 진짜 시체처럼 잘 잔다.

-저 어깨 누구야? 아, 신환회 갈걸.

-딱 봐도 훈남 냄새나네.

그 아래엔 고학번 선배들이 올린 톡이 있었다.

서윤 동기가 남긴 톡도 있었다.

그러나 신입생 톡은 전혀 없었다.

다들 단톡방 분위기를 눈치 보고 있었다.

한수는 피식 웃으며 휴대폰을 책상에 올려뒀다.

아직 서윤이는 이 참극을 전혀 모르고 있는 듯했다.

그녀가 깨어나고 이 단톡방을 보게 되면 얼마나 이불킥을 해댈지 그 모습을 현장에서 직접 두 눈으로 보고 싶었지만 그럴 수 없다는 게 아쉽기만 했다.

다음 날 아침, 한수는 일찍 잠에서 깬 뒤 여느 날처럼 텔레비전부터 켰다. 신입생 환영회 전까지 꾸준히 텔레비전을 보며 경험치를 쌓았다.

과외 아르바이트를 하면서 돈을 벌 생각도 있었지만, 그보다는 경험치를 쌓아서 새로운 채널을 확보하는 게 중요했다.

어차피 외출할 일이 없는 탓에 돈을 쓸 일도 없었고 며칠 전고등학교에서 들어온 장학금 덕분에 당분간 생활비 걱정도 할 필요가 없었다.

게다가 한수에게는 연금이 하나 있었다. 그건 컵스테이크에 대한 인센티브였다.

성욱이 컵스테이크를 팔 때마다 일정 금액을 받기로 했었다. 얼마나 들어올지 모르지만 그래도 다음 달 10일에 첫 정산 금액을 받기로 한 만큼 살짝 기대되는 것도 사실이었다.

그러는 사이 한수는 HBS Sports와 K-POP TV를 둘 다 15% 이상 경험치를 쌓으며 새롭게 얻은 등급 심사 조건을 확인했다.

기존에는 등급 심사 조건이 비교적 수월했다면 이번 조건은 조금 까다로웠다.

우선 HBS Sports의 등급 심사 조건은 조기축구를 뛰면서 골을 넣는 데 성공하는 것이었다.

형설관에서 조기축구를 몇 차례 뛰긴 했지만, 항상 윙백으로 뛰느라 골 한 번 넣어본 적 없는 한수였다.

게다가 한수의 별명은 세모발, 일단 골을 넣으려면 스트라이커로 뛰어야 하는데 그게 가능할지는 의문이었다.

하지만 K-POP TV의 등급 심사 조건은 그보다 더 어려웠다.

어떻게 해서든 대동제에서 입상하는 게 새로운 채널을 얻을 수 있는 조건이었다.

대동제는 매년 5월 열리는 한국대학교 축제였다.

일단 대동제는 어찌어찌 나간다고 해도 실력 있는 참가자들이 다수 나올 게 분명한데 입상하는 게 가능할지 우려스러웠다.

한수는 미간을 좁혔다.

둘 다 난이도가 만만치 않았다.

아무래도 중급자에 접어들면서 퀘스트도 자연스럽게 난이도가 상향된 듯했다.

"다른 심사 조건은 없어?"

[존재합니다.]

눈을 뜬 한수가 어안이 벙벙한 얼굴로 텔레비전을 쳐다
봤다.

여태껏 등급 심사 조건은 한 개가 전부인 줄 알았다.

그러나 무심결에 던진 말에 또 다른 등급 심사 조건도 있다
는 걸 알게 됐다.

어이없는 얼굴로 텔레비전을 쳐다보던 한수가 한숨을 내쉬
었다.

생각해 보면 진작에 묻지 않은 자신의 잘못이 컸다.

다시 눈을 감자 여러 개의 퀘스트 목록이 떠올랐다.

첫 번째는 HBS Sports 등급 심사 조건이었다.

[실제 시합에서 프로 선수들의 개인기를 두 번 이상 성공하세요.]
[조기축구를 뛰면서 득점에 성공하세요.]

……

[입단 테스트에 합격해서 프로축구선수 라이센스를 발급받으세요.]

제법 많은 퀘스트가 존재했는데 뒤로 갈수록 난이도가 수
직 상승하고 있었다.

특히 맨 마지막 퀘스트는 아예 한수에게 프로 축구 선수가

되라고 권유하다시피 하고 있었다.

그렇다면 K-POP TV의 등급 심사 조건은 어떤 게 남아 있었을까?

[홍대에서 버스킹을 해서 백 명 이상의 청중을 끌어모으세요.]
[대동제에 입상하세요.]

…….

[오디션을 봐서 대형 기획사의 연습생이 되세요.]

이 역시 비슷했다.

최종적인 목표는 역시 기획사의 연습생이었다.

아마 퀴진 TV나 다른 채널의 등급 심사 조건도 이와 유사했을 가능성이 컸다.

이를테면 퀴진 TV는 주방에 들어가서 쉐프 지망생이 되라 했을 터였다.

결국, 모든 채널은 저마다 지향하는 목적지가 존재했다.

퀴진 TV는 쉐프, HBS Sports는 프로축구선수, K-POP TV는 기획사 연습생.

즉 한수가 모든 채널을 확보하게 된다면 그 이야기는 즉 한수가 모든 직업을 가질 수 있게 된다는 의미이기도 했다.

한수는 꼼꼼히 퀘스트를 확인하기 시작했다.

전체적으로 쉬운 퀘스트가 없었다.

어째서 이 텔레비전이 두 가지 퀘스트를 등급 심사 조건으로 내걸었는지 납득이 갔다.

그때 한수의 눈길을 잡아끈 게 하나 있었다.

[홍대에서 버스킹을 해서 백 명 이상의 청중을 끌어모으세요.]

버스킹.

내일의 스타를 꿈꾸는 가수 지망생들이 홍대 앞 '걷고 싶은 거리'에서 길거리 공연하는 걸 일컫는 말이다.

한수도 한두 번 버스킹을 구경한 적이 있었는데 실제로 버스킹을 하던 가수 중 여럿이 스타가 되면서 최근 들어 그 규모가 늘어나고 있었다.

문제는 그 조건이 백 명 이상의 청중이라는 점이다.

누군 백 명이라고 해서 별거 아니라고 생각할지도 모르지만, 진짜 백 명은 정말 어마어마한 숫자다.

유동 인구가 많은 홍대인 만큼 이삼십 명 정도는 끌어모을 수 있겠지만 백 명을 모으려면 진짜 연예인이 출연해서 콘서트를 열어야 가능한 일이다.

그러나 한수는 한 번 도전해 보기로 마음먹었다.

You Only Live Once.
한 번뿐인 인생이다.

그리고 도전은 즐거운 일이다.

게다가 얼마 안 있으면 「트루 라이즈」 면접을 보고 본선 시험도 치러야 하는데 그전에 「트루 라이즈」 시즌 1부터 시즌 3까지를 방송했던 TBC 채널을 확보해 두고 싶었다.

무엇보다 한수는 충분히 해낼 수 있다는 확신이 있었다.

K-POP TV에 대한 일정량 이상의 경험치를 획득하며 특별한 능력을 얻었기 때문이다.

CHAPTER 2

한수가 고른 퀘스트는 홍대에 가서 버스킹을 하며 백 명 이상의 청중을 끌어모으는 것이었다.

클럽 같은 곳에서 공연하는 것도 아니고 길거리에서 공연해서 백 명 이상을 긁어모아야 하는 일이다.

분명히 쉬운 일은 아니다.

하지만 한수는 자신감이 있었다.

일단 K-POP TV를 통해 적잖은 경험치를 쌓았다.

특히 K-POP TV에서 15%의 경험치를 쌓았을 때 한수는 특별한 능력을 얻을 수 있었다.

그건 바로 호소력이었다.

그러면서 무대 위에서 노래를 부르는 가수들의 감정을 깊

게 이해할 수 있게 됐고 그들이 내뱉는 목소리에 담긴 표현력을 더욱더 폭넓게 담을 수 있었다.

그리고 50%의 경험치를 획득했을 때 한수는 더욱더 특별한 경험을 할 수 있었다.

퀘스트를 선택해서 고를 수 있듯이 강화할 능력도 취사선택할 수 있게 된 것이다.

그가 얻을 수 있는 능력은 세 가지 중 하나였다.

첫 번째는 발성이었다.

두 번째는 더욱더 정확한 음정과 박자였고 세 번째는 음색이었다.

현재 얻을 수 있는 능력은 하나뿐이지만 아마 K-POP TV에 대한 경험치가 100% 쌓이게 되면 세 가지 능력 모두 가질 수 있게 될 터였다. 그리고 세 가지 능력 가운데 한수가 고른 건 발성이었다.

그가 발성을 고른 이유는 간단했다.

발성에는 고음이 포함되어 있다. 그리고 국내에서는 고음을 부를수록 노래를 잘 부른다고 간주한다.

실제로 대부분의 경연 프로그램 역시 뒤로 가면 갈수록 '누가 더 고음을 잘 부르나'로 변질되기 일수였다.

그렇다고 해서 소비자의 기호를 무시할 순 없는 노릇이었다.

이번 버스킹에서 한수는 폭발적인 고음과 청중들을 매혹시키는 호소력을 바탕으로 백 명 이상을 끌어모아 볼 생각이었다.

이제 남은 건 어떤 노래를 부르냐 하는 것이었다.

한수는 세 곡에서 많으면 다섯 곡 정도를 부를 생각이었다. 그러나 막상 선곡하려 하자 다들 너무 좋은 곡이라서 난감했다.

귀에 쏙쏙 꽂힐만한 노래로 열 곡까지 추렸지만, 그 이상은 추릴 수가 없었다. 남은 열 곡 가운데 어떤 노래를 뺄지 고민하고 있을 때였다.

휴대폰이 계속해서 우우웅거렸다.

전화였다. 그리고 발신자는 서윤이었다.

그녀 이름을 확인하자마자 한수는 새벽녘에 단톡방을 오고 갔던 사진과 톡들을 떠올렸다.

뒤늦게 깬 그녀가 그 참상을 직접 두 눈으로 목격한 것이 틀림없었다.

한수는 침착하게 전화를 받았다.

그러나 통화는 연결됐지만 아무 말도 들리지 않았다.

한수가 입을 떼려 할 때였다.

─……오빠.

휴대폰을 통해 들리는 서윤이의 목소리는 하룻밤 사이에

피폐해져 있었다.

"괜찮아?"

─어제 어떻게 된 거예요?

한수가 복잡한 표정으로 생각에 잠겼다.

고민 끝에 그는 어제 일을 적당히 덮기로 마음먹었다.

다행히 서윤이가 애교를 부리던 걸 직접 목격한 사람은 없었다.

단톡방에 올라온 사진도 서윤이가 자신의 어깨에 기대어 잠든 모습 몇 장 정도였다.

"별거 없었어. 술 내기했던 건 기억나?"

─네, 기억나요. 그리고 무슨 일이 있었던 거예요?

"너도 주사가 있긴 있더라. 먼저 취해서 내 어깨 붙잡고 계속 잠만 자더라고. 그러다가 어머님 오셔서 너 데려갔는데 생각 안 나?"

─기억이 흐릿해서…… 혹시 제가 오빠한테 무슨 폐 끼친 거 있어요?

조심스럽게 물어보는 서윤 말에 한수는 어제 일을 다시 한번 상기시켰다.

오빠, 오빠 그러면서 가까이 달라붙질 않나, 그런데 입술은 또 얼마나 도톰하던지.

자신도 모르게 서윤이를 머릿속으로 그려보고 있던 한수가 고개를 세차게 저으며 대답했다.

"별일 없었어. 걱정 안 해도 돼."

—⋯⋯진짜죠?

"그렇대도."

서윤은 한숨을 푹푹 내쉬었다.

어젯밤 술에 취해 자신이 무슨 짓을 벌였는지는 머릿속에 선명하게 남아 있었다.

한수가 제발 그날 있었던 일을 다 까먹고 있길 바라며 전화했지만, 오히려 정반대인 것 같았다.

한수는 그날 있었던 모든 일을 하나도 빠짐없이 전부 다 기억하고 있는 게 분명했다.

"아, 앞으로 어떻게 얼굴을 보지."

그 날 한수한테 했던 애교가 하나둘 떠오르기 시작하자 서윤은 머리카락을 헝클어뜨렸다.

술만큼은 누가 뭐라 해도 자신이 있었는데 그 자신감이 송두리째 날아가고 말았다.

그때 방문이 열리고 서윤이네 엄마가 들어왔다.

"엄마!"

"일단 이거부터 마셔. 이제야 일어나고 참 잘하는 짓이다."

"이게 뭔데?"

"대추차야. 술 깨는 데 도움 될 거야."

"고마워요, 엄마. 역시 딸 생각하는 건 우리 엄마뿐이라니까."

서윤은 엄마가 타온 대추차를 꿀꺽꿀꺽 들이켰다.

그때였다.

서윤의 엄마가 서윤을 보며 물었다.

"네가 어깨 베고 자던 그 남자애, 신입생이라며?"

"어, 엄마가 그걸 어떻게 알아요?"

"너보다 연하야?"

"오빠거든요. 아니, 그보다 엄마가 그걸 어떻게 아냐고요!"

"네가 깨기 전에 물어봤으니까 알지."

"또, 또 뭐 물어봤는데요?"

"글쎄다. 휴대폰 번호 정도?"

"……그게 전부예요?"

"우리 딸하고 사귀는지 호감은 있는지 물어봤지."

"엄마!"

결국 참지 못한 서윤이가 소리를 빽 질렀다.

본의 아니게 솔로로 지내고 있다가 드디어 마음에 드는 신입생이 생겼는데 초장부터 대판 꼬이게 생겨 버린 것이었다.

그렇다고 섣부르게 다가가고 싶진 않았다. 조금이라도 남아 있는 호감마저 잃어버릴 생각은 없었기 때문이다.

그때 서윤이 엄마를 보며 조심스럽게 물었다.

"그래서 호감은 있대요?"

"글쎄다?"

그러는 동안 휴대폰이 쉴 새 없이 울렸다.

아침에 일어나서 단톡방을 확인한 길벗반 선배들이 'ㅋㅋㅋㅋㅋㅋㅋㅋㅋㅋㅋㅋ'를 연발하며 계속해서 성질을 벅벅 긁어대고 있었다.

—진짜 다들 죽…….

서윤은 차마 메시지를 전송하지 못했다.

길벗반 전체 톡방이다. 여기엔 한수도 채팅 멤버에 포함되어 있다.

—제가 그 날 많이 무리했나 봐요. 신입생들을 꼼꼼히 챙겼어야 했는데 과책으로 무한한 책임을 느낍니다.

—와, 이 마녀 완전 우디르급이네.

—그러는 거 아니다. 아오, 이럴 줄 알았으면 미리 다 캡처해놓을걸.

—윤 선배님 ^^ 자꾸 그러시면 안 되죠. 신입생들이 저를 이상하게 생각할 수도 있잖아요 ^^

—저 눈웃음 되게 무섭네.

—……난 잠수탐.

—데프콘3 떴다! 다들 상시경계하고 긴장 늦추지 마라.

으드득—

이가 갈렸다.

그러나 여기서 폭발할 순 없었다.

한 번 망가진 이미지는 평생 가는 법.

그러나 저들은 똑똑히 알게 될 터였다.

여자가 한을 품게 되면 오뉴월에도 서리가 내리게 된다는 것을.

그때였다.

서윤이가 화를 꾹꾹 억눌러 담고 있을 때 전화가 왔다.

발신자는 뜻밖에도 한수였다.

정오 무렵 한수는 홍대입구역에 서서 사람을 기다리고 있었다.

큰 키에 늘씬한 체구, 거기에 훤칠한 외모까지.

지나가는 사람들이 힐끔힐끔 쳐다보고 갈 만큼 오늘 한수는 눈부셨다. 예전까지만 해도 이 정도는 아니었다.

그러나 그 날 텔레비전을 얻고 난 뒤 여러 사람의 능력을 얻고 경험을 쌓으면서 자신감이 넘쳐흘렀고 그것이 고스란히 당당함으로 표출되고 있었다.

"말 한번 걸어볼까?"

"에이, 여자 친구 있겠지."

"그래도."

한수를 보고 길거리를 지나가던 여자들이 멈춰선 채 수군거렸다.

그러나 한수는 주변의 시선을 전혀 의식하지 않고 있었다. 그는 이어폰을 꽂은 채 이따가 버스킹 할 때 부를 노래를 계속해서 고르는 중이었다.

그때 용기를 낸 여자 한 명이 한수에게 다가오려 할 때였다.

에스컬레이터를 타고 올라온 예쁘장한 여자가 한수를 보자마자 달려들었다.

"한수 오빠!"

한수에게 말을 걸려 했던 여자는 그녀를 보고 멈칫했다.

키가 살짝 아담하긴 했지만 평균 키였고 엄청 예쁘장한 데다가……

그녀가 눈을 흘겼다.

분명 키는 자신이 더 큰데 미드 싸움에서 패배했다.

씻지 못할 굴욕감을 느끼며 그녀는 친구와 함께 재빠르게 전장을 이탈했다.

"어, 왔어?"

한수가 이어폰을 빼고 서윤을 바라봤다.

한수를 만나러 홍대에 나온 건 서윤이었다.

"오늘 안 바빠?"

"괜찮아요. 근데 무슨 일이에요?"

갑자기 홍대입구역 9번 출구에서 만나자는 말에 부리나케 준비를 끝내고 달려오긴 했지만 정작 무슨 일인지 듣지 못한 서윤이었다.

한수가 웃으며 메모지 하나를 내밀었다.

그 메모지에 적혀 있는 건 모두 열 곡의 선곡표였다.

"이건 뭐예요?"

"이따가 여기서 버스킹을 하려 하는데 네가 곡 좀 골라줬으면 좋을 거 같아서."

"네? 버스킹요? 오빠, 노래 잘해요? 근데 갑자기 웬 버스킹요?"

장기자랑 때 한수가 걸 그룹 노래를 기막히게 부른 건 알고 있다. 문제는 그건 장기자랑이었고 이건 버스킹이라는 게 달랐다.

게다가 한수가 건넨 선곡표에 적혀 있는 노래는 발라드가 대부분이었다.

한수가 머쓱하게 웃었다.

그나마 버스킹이 퀘스트 중에서 가장 쉬웠다고 말할 수는 없었다.

한수가 미소를 지어 보이며 말했다.

"노래를 잘해야만 할 수 있는 건 아니잖아. 한번 도전해 보고 싶었어. 음, 버킷리스트 같은 거야."

"버킷리스트요?"

버킷리스트는 2007년 개봉한 할리우드 영화「버킷 리스트」이후 널리 쓰이게 됐는데 암에 걸려 6개월 시한부 선고를 받은 두 노인이 병원 중환자실에서 만나 죽기 전에 반드시 해보고 싶은 일을 목록으로 짜둔 걸 가리키는 용어다.

그러나 한수가 얼마 안 있어 죽을 사람처럼 보이진 않았다.

그래도 혹시 하는 생각에 서윤이 장난스럽게 물었다.

"오빠, 무슨 시한부 판정받았어요?"

"응? 아니야. 그냥 예전부터 해보고 싶던 일 중 하나였어."

예전에 이곳을 지나다가 버스킹 하는 사람을 본 적이 있다.

노래를 아주 잘하는 건 아니었지만, 그는 사람들을 불러모으는 호소력이 있었다.

그가 노래를 끝내면 감동을 받고 박수갈채를 보내는 사람들을 보며 한수도 언젠가는 자신도 이곳에 서서 버스킹을 해보고 싶다고 마음먹게 됐다.

그러다가 특별한 능력을 얻게 됐다.

그야말로 다시 사는 것이나 마찬가지다.

그래서 결심했다. 여러 퀘스트가 있지만 버스킹에 도전해보겠다고.

예전부터 그가 꿈꾸던 것 중 하나였으니까.

잠시 머뭇거리던 서윤이가 한수를 보며 물었다.

"좋아요. 모두 몇 곡이나 부르려고요?"

"다섯 곡 정도?"

서윤이가 고개를 끄덕였다.

그러나 한편으로 그녀는 한수에 대한 평가를 조금 수정해야 할지도 모른다고 생각했다.

분명 이상형에 제대로 부합하는 오빠인 건 맞다.

키 크고 공부 잘하고 훤칠하니 잘생겼고 술도 잘 마시고.

하지만 어쩌면 이 오빠는 조금 제정신이 아닌 걸지도 몰랐다. 갑자기 때아닌 버스킹이라니. 보통 사람은 쉽게 생각지 않는 일이다.

한수가 가진 특별한 능력을 모르는 이상 누구나 그렇게 오해할 수밖에 없긴 했다.

그렇다 보니 서윤이는 정말 심각하게 오해할 수밖에 없었다.

그래도 버킷리스트를 만들어서 저렇게 하나씩 이루는 모습을 보고 있자니 가슴이 찡했다.

'열심히 도와줘야겠다.'

서윤은 열심히 각오를 다지며 선곡표를 확인했다.

그리고 선곡표를 본 순간 서윤이 눈을 휘둥그레 떴다.

'분명 노래를 잘해야만 버스킹을 할 수 있는 건 아니라고 했

었는데…… 이 선곡표는 뭐야?'

한수가 건넸던 메모지에는 엔간한 아마추어는 소화하기 어려운 곡들로 선곡표가 빼곡하게 채워져 있었다.

셋 리스트(선곡표)를 보던 서윤이 눈매를 좁혔다.

그녀는 한수가 얼마나 노래를 잘 부르는지 정확히 알지 못했다.

지난번 장기자랑 시간에 걸 그룹 노래를 부르긴 했지만 그건 어디까지나 장기자랑이었다.

그렇다 보니 한수가 건넨 메모지에 빼곡히 찬 발라드를 보고는 고개를 절레절레 저었다.

"오빠, 이거 다 부를 수 있겠어요?"

"오늘은 연습 삼아 온 거야. 그래서 다섯 곡 정도만 불러보려고."

"아니요. 그게 아니라 진짜 이 노래 부를 수 있냐고요."

"어."

막힘없는 한수 대답에 서윤이 한숨을 내쉬었다.

그것도 잠시 저렇게 자신감을 보이는 걸 보면 숨겨둔 실력이 있다고 봐야 했다.

서윤은 한수가 건넨 셋 리스트 중에서 신중하게 다섯 곡을 골랐다.

"그럼 한 이십 분 정도 버스킹 하려고요?"

"응."

한수가 고개를 끄덕였다.

그때 여자 두 명이 그들 옆을 지나치며 재잘거렸다.

"꺄, 대박. 윤환 오빠가 여기 근처에 있대."

"정말? 윤환 오빠가 왜?"

"몰라. 친구들하고 놀러 온 거 같던데? 봐, 벌써 목격담까지 올라오고 있다니까?"

"우리도 한번 찾으러 가볼까?"

"그러자. 운 좋으면 사인받을 수 있을지도 몰라."

"오빠, 여기요."

한수가 그들이 나누는 대화에 집중하는 사이 서윤이 수정된 셋 리스트를 골랐다.

"이렇게 다섯 곡이면 될까?"

"네, 다섯 곡 다 제가 좋아하는 노래예요."

배시시 웃는 서윤을 보며 한수가 흔쾌히 고개를 끄덕였다. 그리고 한수가 향한 곳은 홍대입구역 인근에 있는 버스킹몰 매장이었다.

여기서는 버스킹 하는 버스커들을 위해 저렴한 가격에 장비들을 대여해 주고 있었다.

한수는 버스킹몰에서 마이크와 앰프, 배터리, 접이식 의자, 케이블, 리드선을 빌린 다음 운반 수레에 담고 「걷고 싶은 거리」로 향했다.

이미 「걷고 싶은 거리」에는 꽤 많은 팀이 공연을 하고 있었다.

다닥다닥 붙어서 공연 중이었는데 저마다 앰프를 얼마나 크게 키워놨는지 공연이 아니라 소음이라고 생각될 정도였다.

"생각보다 사람이 꽤 많네요."

"……그리고 좀 많이 시끄럽네."

점점 버스킹을 규제하려고 한다는데 오늘 이 광경을 보니 그 마음이 이해가 갔다.

아이돌 노래를 틀어놓고 포인트 안무만 추는 앳된 학생들, 제대로 연습조차 하지 않은 채 소리만 빽빽 질러대는 고음병 환자들.

실제로 그런 곳은 사람들이 지나다닐 때마다 눈살을 찌푸리고 있었다.

반면에 열 명에서 스무 명 정도 모인 곳에서는 수준 높은 공연이 펼쳐지는 중이었다.

통기타를 들고 감미로운 목소리로 노래를 부르는 버스커도 있었고 열정적으로 춤을 추는 십 대 청소년들도 보였다.

그런 곳은 못해도 스무 명은 됨직한 사람들이 운집해서 공연을 지켜보고 있었다.

일단 버스킹을 하려면 자리부터 잡아야 했다.

「걷고 싶은 거리」를 둘러보던 한수가 적당한 자리를 찾았다. 그리고 그곳에 자리를 잡으려 할 때였다.

바로 뒤편에 있는 가게 주인이 대뜸 나와서 한수를 훑어봤다. 그러고는 눈살을 찌푸리며 물었다.

"여기서 버스킹 하려고요?"

"예, 삼십 분 정도 하고 싶습니다."

"버스킹 경험은 많으십니까?"

"아뇨. 오늘이 처음입니다."

가게 주인이 굳어진 얼굴로 입술을 떼었다.

"가급적이면 허락해 주고 싶은데 우리 카페 손님들이 시끄러운 건 질색을 해서요. 미안한데 다른 곳으로 장소를 옮겨서 해줬으면 합니다."

"아…… 알겠습니다."

한수는 고개를 끄덕여 보였다. 그리고 재차 운반 수레를 몰고 다른 곳으로 향했다.

그러나 버스킹을 할 수 있는 공간은 상대적으로 한정이 되어 있었다.

아니면 가게 주인이 탐탁지 않아 하는 경우가 잦았다.

가게 영업에 방해가 된다는데 그걸 묵살하고 버스킹을 할 수 있는 것도 아니었다.

그렇게 이곳저곳을 헤매던 도중 한수는 유동 인구는 조금 적지만 그래도 꽤 널찍한 자리 하나를 찾아낼 수 있었다.

근처에 있던 카페 주인도 흔쾌히 공연하는 걸 수락했기에 천만다행이었다.

그때 한수가 공연 준비를 하는 사이 주변을 둘러보던 서윤이가 잔뜩 화난 목소리로 소리쳤다.

"오빠! 저거 봐요!"

"어? 왜?"

한수는 서윤이가 가리킨 방향을 쳐다봤다.

그 방향에는 아까 전 한수가 버스킹을 하려 했던 장소가 있었다. 그런데 분명 버스킹을 하면 안 된다고 했었는데 한 팀이 그곳에서 공연을 준비 중이었다.

"와, 정말 너무해요. 오빠 보고는 안 된다고 했잖아요."

한수는 그 모습을 보며 입술 끝이 씁쓸해졌다.

아마도 저 카페 주인은 자신이 처음 버스킹 한다는 게 탐탁지 않았던 모양이었다.

그렇다고 지금 가서 따져봤자 소용없는 일이었다.

그보다는 실력으로 증명해 보이면 그만이었다.

그러면 저 카페 주인도 그때 자신을 붙잡지 못했던 걸 아쉬워할 게 분명했다.

그러나 막상 「걷고 싶은 거리」에 나와서 버스킹을 하려 하자 사람 수가 부담이 되었다.

유동 인구가 많은 홍대라고 해도 주변에서 버스킹을 하는 버스커들 중 가장 많은 인파를 몰고 있던 게 스무 명 정도였다.

그러나 퀘스트 완료 조건은 백 명을 모으는 것이었다.

오늘은 연습 삼아 온 것이지만 쉽지 않을 거라는 생각이 들었다.

하지만 어차피 주사위는 던져졌다.

모든 세팅이 끝난 뒤 한수는 마이크를 붙잡았다.

"마이크 테스트. 아, 아, 아."

소리는 문제없이 나온다.

그러나 시끄러운 주변 앰프에 밀려 소리가 묻히고 있었다.

그렇다고 해서 자신도 볼륨을 높이고 싶진 않았다.

아까 전 너무 시끄러운 소음 때문에 인상을 구긴 채 자리를 떠나는 사람들을 익히 봤기 때문이다.

그보다는 노래로 그 소음들을 밀어내고 사람들에게 다가갈 생각이었다.

"오빠, 파이팅해요!"

서윤이가 환하게 웃어 보이며 냉큼 가장 가까운 자리를 차지하고 앉았다.

동시에 눈앞에 반투명한 창이 떠올랐다.

[퀘스트가 활성화됐습니다. 1/100]

숫자 1이 차올랐다.

서윤이가 그의 버스킹 무대 첫 번째 관객이 되었다.

이제 남은 건 99명을 끌어모으는 것이었다.

동시에 한수가 부르는 노래가 시작됐다.

📺

홍대에 있는 「걷고 싶은 거리」에는 정말 많은 버스커들이 상주한다. 그리고 개중에는 정말 구름 같은 인파를 몰고 다니는 유명 버스커도 존재한다. 또 그 유명 버스커 중 일부는 스타가 되기도 했다.

그렇다 보니 이곳에는 스타가 되고 싶어 하는 뜨내기들이 정말 많다. 그리고 그런 뜨내기들한테 관심을 두는 사람은 많지 않다.

오히려 그들이 내뿜는 소음에 질색하며 이 거리를 최대한 빨리 지나치려 할 뿐이다.

사내도 그런 사람 중 한 명이었다. 너도나도 할 것 없이 아이돌 노래를 배경음 삼아 겉멋만 든 춤을 추거나 아니면 되지도 않는 목소리로 시끄럽게 소리만 질러대고 있었다.

「걷고 싶은 거리」를 통과하는 게 지름길이기에 걷는 것일 뿐 웬만해서는 이곳을 지나치고 싶지 않은 게 그의 속마음이었다.

오늘도 어김없이 바쁜 회사 일로 인해「걷고 싶은 거리」를 지나가야 했고 발걸음을 서두를 때였다.

시끄러운 고음들 사이로 단단히 굳은 그의 마음을 가볍게 두드리는 목소리가 있었다.

처음에만 해도 잘못 들은 거라고 생각하던 남자는 점점 더 회사 쪽이 아닌 그쪽으로 홀린 듯 움직였다.

조금 구석진 자리, 버스커들이 차지한 다른 자리에 비하면 인적이 드문 곳에서 잘생긴 사내가 마이크를 붙잡은 채 노래를 부르고 있었다.

볼륨은 그렇게 크지 않았다.

집중하지 않았다면 그냥 흘려보냈을 목소리였다.

그러나 호소력 짙은 그 목소리가 머리가 아닌 몸을 억지로 잡아끌고 있었다.

자신도 모르게 그 앞에 이른 남자가 귀를 기울이기 시작했다.

시끄러운 소리 사이로 작지만 아름답고 마음을 울리는 노래가 희미하지만, 분명히 들리고 있었다.

그는 그 목소리를 더욱더 크게 듣고 싶었다.

그렇게 점점 앞으로 걸어가던 남자는 한 명뿐인 청중 옆에 자리를 잡고 앉았다.

우리의 믿음 우리의 사랑 그 영원한 약속들을–

버스킹을 자주 다닌다면 흔히 들을 수 있는 노래다.

워낙 명곡인 데다가 호소력 넘치는 목소리가 일품이기 때문이다.

하지만 버스커들 중에서 이 노래를 제대로 담아내는 사람은 몇 없었다. 대부분 되지도 않는 고음에만 매달려 감성을 놓치게 마련이다.

그러나 이 남자는 달랐다.

그가 부르는 한 소절, 한 소절이 폐부를 뚫고 쿡쿡 들어박히고 있었다.

'아.'

소음 때문에 고통스럽던 귀가 저절로 치유되는 느낌이다.

남자는 어서 회사로 돌아가야 한다는 것마저 잊어버렸다.

지금은 그저 이 노래에 취하고 싶었다. 그러면서 그와 같은 사람들이 조금씩, 조금씩 모이기 시작했다.

힘들고 지쳐 있던 사람들이.

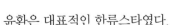

윤환은 대표적인 한류스타였다.

그는 명반을 여러 장 갖고 있었고 그 안에는 히트곡들이 수두룩했다.

그렇다 보니 한번 움직일 때마다 적지 않은 팬과 파파라치들이 따라붙기 일쑤였다.

그런 그가 오늘 친구들과 함께 홍대를 찾은 건 옛 추억 때문이었다.

옛날 무명일 때 그도 이런 길거리에서 노래를 불렀고 그러다가 그게 인연이 되어 소속사에 캐스팅이 됐고 한류스타가 될 수 있어서였다.

물론 버스킹을 할 생각은 없었다. 그랬다가는 아마 인파에 휩쓸려 오도 가도 못 하는 신세가 될 게 분명했다.

그보다는 자신의 후배들은 이곳 「걷고 싶은 거리」에서 어떻게 꿈을 키워나가고 있을지 궁금했다.

그래서 유동 인구가 많은 홍대인데도 불구하고 친구들과 함께 이곳을 찾은 것이었다.

하지만 기대가 실망으로 변해 버린 건 금방이었다.

"실망이네. 정말 많이 변해 버렸어. 안 좋은 쪽으로."

윤환은 고개를 절레절레 저었다.

"내가 말했잖아. 완전 저질이라고."

"여기도 망했어."

예전에만 해도 「걷고 싶은 거리」는 이러지 않았다.

"이만 가자."

"어디 갈까?"

"근처에 괜찮은 인디 밴드 없어? 인디 밴드 노래라도 좀 듣고 싶은데. 내 귀가 완전 오염된…… 잠깐만."

눈살을 찌푸리고 있던 윤환이 멈춰 섰다.

정말 희미했지만 어디선가 남다른 노래가 들려오고 있었다. 자신이 부른 노래였다. 히트곡이었고 정말 많은 사랑을 받았던 노래였다.

그런데 누군가가 자신이 이야기하고 싶었던 그 주제를 담아 노래를 부르고 있었다.

"이쪽으로 가보자."

윤환은 희미하게 들리는 그 노래를 쫓아 움직이기 시작했다.

한수는 숨을 골랐다.

첫 번째 노래가 끝났을 때 서윤 한 명이던 청중은 일곱 명으로 늘었다.

그리고 두 번째 노래의 1절이 끝나갈 무렵 청중은 열아홉 명으로 크게 늘어나 있었다.

간주 동안 숨을 고르던 한수가 다시 마이크를 잡고 2절을 부를 때였다.

누군가가 무대에 난입했다. 그리고 그가 바닥에 놓아뒀던 예비 마이크를 붙잡고 한수와 함께 2절을 부르기 시작했다.

너무나도 귀에 익숙한 목소리.

한수는 어처구니없는 얼굴로 고개를 돌렸다.

바로 옆에 자신이 부르고 있던 노래의 원래 주인인 가수 윤환이 서서 그 노래를 같이 부르고 있었다.

"뭐야?"

"저 사람 누구야?"

갑작스럽게 무대에 난입한 사람 때문에 노래를 듣고 있던 사람들이 고개를 갸웃거렸다.

그러다가 마이크를 붙잡은 사람의 얼굴을 보곤 그들 모두 눈을 휘둥그레 떴다.

"어? 노래 부르려나 본데?"

"깜짝 이벤트 같은 건가 봐."

그때였다.

그를 알아본 몇몇 사람들이 수군거리기 시작했다.

"근데 저 사람…… 잠깐. 설마 윤환 오빠?"

"윤환 오빠 맞지?"

웅성거림이 점점 커졌다.

그러다가 자지러지는 소리와 함께 오빠 소리가 터져 나왔다.

"오빠!"

"꺄아아아~ 오빠!"

"윤환 오빠!"

윤환을 알아본 사람들로 인해 덩달아 주변이 시끌벅적해졌다. 호기심 어린 얼굴로 지나치던 사람들의 발목을 붙잡을 정도였다.

한편, 뒤따라 윤환을 쫓아 달려온 윤환 친구들은 눈앞에서 이미 벌어진 상황을 보며 혀를 찼다.

원래 이곳저곳에서 별의별 사고를 치고 다니곤 하지만 오늘마저 사고 칠 거라고는 생각지도 못했었다.

그러나 이미 엎질러진 물이었다.

"아, 저 새끼 또 사고 쳤네."

"미친놈. 저럴 거 같더니만."

"저게 무슨 민폐 질이야. 남 노래하는 곳 가서 왜 지랄이냐고. 지랄이. 아, 쪽팔려."

"아니, 저럴 거면 그냥 대놓고 돌아다니든가. 지가 여기 있다는 거 동네방네 알릴 것도 아니고."

그러고 보니 친구 중 한 명은 표정이 대놓고 썩어 있었다.

"아, 돌겠네. 젠장! 하루라도 조용하면 안 되냐!"

그는 윤환의 친구지만 공적으로는 매니저이기도 했다.

친구들이 그를 위로했다.

"뒷수습 잘해라."

똥 씹은 표정으로 인상을 구기던 그는 전화가 걸리자마자 다급히 지금 상황을 이야기하기 시작했다.

시간이 지날수록 점점 소문이 퍼져 나갔다.

소문을 들은 사람들이 한수가 노래를 부르던 무대 주변으로 몰려들었고 급기야 가게 안에 있던 사람들마저 윤환이 나타났다는 소문을 접하곤 짐을 챙겨 밖으로 나오기 시작했다.

"야. 윤환 왔대."

"뭐? 누구?"

"저 앞에서 지금 노래 부르는 중이래."

"진짜? 가보자."

"같이 가!"

모여드는 사람 중에서는 아까 전 한수가 퇴짜를 맞았던 커피숍 손님들도 적지 않았다.

그들은 줄지어서 지금 한수가 노래를 부르는 곳 뒤편에 있는 커피숍 쪽으로 이동 중이었다.

카페 사장은 갑자기 손님들이 우르르 떠나자 고개를 갸웃거렸다.

오랜 시간 죽치고 앉아 있던 손님들이 빠져나가는 건 희소식이었지만 개중에는 방금 막 가게에 들어와서 커피를 주문하려던 손님들도 있었다.

결국 그가 커피를 주문하려다가 말고 가게를 나가는 손님을 붙잡고 물었다.

"지금 밖에 무슨 일이에요?"

"아, 저쪽에 윤환이 와서 노래 부르고 있대요. 그래서 지금 다들 몰려가는 거예요."

"유, 윤환이요?"

한류의 열풍에 있었고 지금도 굳건히 그 자리를 지키고 있는 한류스타 윤환이 이곳 「걷고 싶은 거리」에 와서 노래를 부른다는 말에 망설이던 그는 아르바이트생에게 가게를 맡긴 뒤 속으로 구시렁거리며 발걸음을 움직였다.

도대체 왜 자기 가게 앞이 아니라 저쪽에서 노래를 부르는 건지 이해할 수 없다고 중얼거리면서.

한수는 노래를 부르면서 틈틈이 옆 사람 얼굴을 확인했다.

보고 다시 보고 또 봐도 그는 윤환이 맞았다.

속으로는 왜 당신이 여기 있는 거냐고 물어보고 싶었지만, 지금은 한창 2절을 부르는 중이었다.

그때 윤환이 자신을 보고 있는 한수를 향해 입 모양을 만들었다.

'부담 갖지 말고 불러.'

한수는 그가 한 말을 똑똑히 알아들을 수 있었다.

그리고 점점 더 클라이맥스를 향해 열창을 거듭했다.

그러자 윤환도 한수에 맞춰 노래를 불렀고 두 사람은 서로 배려하며 노래를 나눠 부르기 시작했다.

한 소절을 한수가 부르면 다음 소절은 윤환이 부르는 식으로 노래를 주고받으며 한수는 새삼 윤환이 얼마나 대단한 가수인지 깨달을 수 있었다.

진짜는 진짜였다.

자신은 윤환의 창법을 포함해서 그가 무대에서 보이는 특유의 몸짓, 손버릇 등 윤환 본인도 모르고 있는 것들마저 알고 있었다.

그러나 윤환의 목소리에는 한수보다 더 큰 울림이 있었다.

그것이 사람들을 매료시켰고 또, 열광하게 만들고 있었다.

한수는 그 모습을 보며 혀를 내둘렀다.

얼마나 경험치를 더 쌓아야 가능할까?

80%? 90%? 아니면 100%?

경험치를 100% 모두 쌓은 뒤 아직 얻지 못한 다른 능력들마저 전부 다 얻어야만 저 수준까지 올라설 수 있을까?

그러는 순간 드디어 하이라이트 부분이 되었다.

네가 왜 내 맘을 위로해-

고음이 폭발적으로 터져 나왔고 동시에 두 명이 바이브레이션을 넣었다.

그 순간 너무나도 커다랬던 주변 앰프에서 나오던 고음들이 순식간에 잦아들었다.

일순간에 거리가 정적에 휩싸였다.

그러나 한수와 윤환은 아랑곳하지 않고 마저 노래를 불렀다.

그렇게 노래가 끝나는 순간 우렁찬 박수갈채가 쏟아졌고, 동시에 앵콜 소리가 사방을 가득 메웠다.

그 속에서 윤환은 믿어지지 않는다는 얼굴로 한수를 바라봤다.

방금 한수가 내뱉은 그 목소리는 자신을 너무나도 많이 닮아 있었다.

노래가 끝나갈 무렵 윤환은 묘한 위화감을 느끼고 있었다.

그것은 한수의 손동작이나 몸짓, 그리고 노래를 부를 때마다 느껴지는 특유의 버릇 때문이었다.

처음에는 혹시 했지만 노래가 끝나 가면 끝나갈수록 그것은 의혹을 넘어 의심이 되어 가고 있었다.

'도대체 이 새끼 뭐지?'

그리고 노래가 끝났을 때 윤환이 떨떠름한 얼굴로 물었다.

"혹시 제 팬이세요?"

"예?"

"저 좋아하시냐고요."

"그야 좋아하죠. 그런데 어떻게 여기……."

"놀러 왔죠. 그런데 모창 가수세요? 어떻게 제 버릇을 그렇게 다 빠짐없이 따라 하세요? 와, 노래 부르면서 얼마나 소름 돋았는지 알아요? 그런데 또 이상한 게 뭔지 알아요?"

"뭐, 뭔데요?"

"막상 또 듣다 보면 모창이라고 보기엔 뭔가 모창 같진 않단 말이죠. 당신 뭐 하는 사람이에요?"

"에, 그게 그러니까……."

한수는 윤환이 왜 그런 생각을 하는지 알 수 있었다.

그는 K-POP TV를 통해 윤환의 능력을 복사하다시피 했다. 그러면서 그의 경험, 지식, 특유의 버릇까지 자신의 것이 되어버렸다.

그러다 보니 윤환의 노래를 부르다 보면 본의 아니게 그의 행동이나 버릇 같은 걸 따라 하게 되는 것이었다.

"모창은 아니고 텔레비전을 보면서 많이 배웠습니다."

"텔레비전으로 배웠다고요? 그게 배운다고 되면 지금쯤 저 정도 가수는 개나 소나 있다는 거네요?"

"그, 그게 아니라…… 하니까 되기에…… 그보다 말 편히 하세요. 평소 존경했었습니다."

윤환이 그제야 뒤늦게 인사를 건넸다. 그러나 표정은 당당했다. 원래 그는 그런 남자였으니까.

"그래도 될까? 일단 인사가 늦었네. 만나서 반가워. 평소 날 존경했다면 내가 난입했다고 욕하거나 뭐 그럴 건 아니지?"

정말 제멋대로인 사람이다.

그러나 그게 또 이 남자의 매력이다. 그래서 한수도 그의 팬이 되었다.

한수가 흔쾌히 웃으며 대답했다.

"그럴 리가요."

"너 내 노래 다 알지?"

"물론이죠."

윤환이 활기차게 웃으며 물었다.

"그럼 더 부를래? 형이 지금 기분 겁나 좋거든."

노래를 더 부르고 싶었다.

썩다 못해 문드러졌던 기분이 상쾌해졌다. 분명 처음 보는데 일심동체라고 할 만큼 마음이 통했다.

그렇다 보니 신이 날 수밖에 없었다.

이렇게 신나는 무대는 정말 오랜만이었다.

또, 한수를 보면 볼수록 탐이 났다.

일단 키가 자신이 올려다봐야 할 만큼 컸고 얼굴도 훤칠하니 잘생겼다.

연예인을 시켜보면 어떨까 하는 생각이 들 정도였다.

'가만히 있어 봐. 소속사에 귀띔이라도 해줘야 하나?'

그러는 사이 한수는 주변에 몰려든 사람들을 둘러봤다.

아까는 예닐곱 명 정도였는데 지금은 이 주변이 사람들로 빽빽하게 차 있어서 통행에 지장을 초래할 정도였다.

'도대체 이 정도면 몇 명이야?'

그때 윤환이 한수를 향해 말했다.

"저 소리 들려?"

"예!"

앵콜―

앵코오올!

계속 노래를 불러달라는 외침이 끊이질 않고 있었다.

저 많은 사람의 기대를 무너뜨릴 수는 없는 노릇이다.

"그럼 한번 달려볼까?"

"예, 좋습니다. 어, 어…….

"그냥 편하게 형이라고 불러. 뭘 그런 걸 갖고 고민하고 있어."

한수가 밝게 웃으며 대답했다.

"예, 형님."

"그래. 가보자고."

그리고 두 사람이 함께 만드는 무대가 펼쳐지기 시작했다.

처음 한수가 노래를 불렀을 때 서윤은 멍한 얼굴로 한수를 올려다보고 있었다.

홍대입구역에서 만나자마자 한수가 버스킹을 한다고 이야기했을 때만 해도 장난인 줄 알았다.

그러다가 버킷리스트라는 말에는 그럴 수도 있다고 생각했다.

셋 리스트를 골라달라는 부탁에 미리 골라둔 노래들을 봤다가 진짜 이 노래들을 부를 수 있을까 하는 의구심이 치밀어 올랐다.

그랬는데, 그렇게 생각했는데.

"아…… 정말 좋다."

한수가 첫 노래를 부른 순간 서윤은 쉽게 마음을 진정시킬 수 없었다.

일부러 고개를 푹 숙였다.

빨개진 얼굴을 보이고 싶지 않아서였다.

단순히 노래를 잘 부르고 못 부르고를 떠나서 마음을 강하게 때리는 아련한 무언가가 있었다.

그래서 고개를 숙이고 있었는데 갑자기 누가 옆을 스치고 무대에 난입했다.

뜻밖의 상황에 고개를 들었을 때 그녀가 본 건 윤환이었다.

한류스타 윤환!

그가 갑자기 한수와 함께 버스킹을 시작한 것이다.

그러면서 몇 명 없던 관중이 기하급수적으로 늘어나기 시작했다.

한 명이 두 명이 되고 두 명이 네 명 되고 네 명이 여덟 명이 되고.

급기야 엉덩이를 털고 자리에서 일어났을 때 가뜩이나 키가 조금 작은 서윤은 자신을 파묻은 수많은 사람을 돌아볼 수 있었다.

"와."

끝 모를 인파를 보다가 서윤은 휴대폰을 들고 사진을 찍어대기 시작했다.

지금 이 순간을 남겨야 했다.

말 그대로 연예란 뉴스 1면에 실릴 법한 상황 아닌가.

'이런 걸 라이브로 직접 보고 듣게 될 줄이야.'

그리고 그녀는 순간적인 충동을 이기지 못하고 단톡방에 들어갔다.

그런 다음 한수와 윤환, 두 사람이 함께 담겨 있는 사진을 전송했다.

우우웅—

우웅—

우우우웅—

얼마 지나지 않아 휴대폰이 계속해서 부릉부릉 시동 걸린 자동차처럼 울어댔지만, 그녀는 신경 쓰지 않은 채 지금 이 분위기를 즐기기 시작했다.

버스킹이 아니라 무슨 게릴라 콘서트에 온 것처럼 주변은 시끌벅적했지만, 그 소란을 뚫고 두 사람이 만들어내는 노래가 「걷고 싶은 거리」를 가득 메우고 있었다.

잠시 아르바이트생에게 가게를 맡기고 나온 카페 사장은 인파를 헤치고 조금씩 앞으로 발걸음을 떼었다.

시간이 지나면 지날수록 더 많은 사람이 몰리고 있었다. 경쟁 상대 중 한 곳인 뒤편의 카페는 사람들로 바글거리는 중이었다.

1층, 2층 가릴 것 없이 사람들이 가득 했고 2층에서는 창문에 바짝 붙어 지금 이곳을 내려다보고 있었다.

겨우겨우 인파를 헤치고 서윤의 뒤편까지 도착했을 때 카페 사장은 노래를 부르고 있는 두 사람을 보고 입을 벌렸다.

한 명은 워낙 유명한 사람이었다.

그런데 그 유명한 사람 말고 옆에 서 있는 남자가 낯이 익었다.

'아까 그…….'

자신 가게 앞에서 버스킹을 하면 안 되겠냐고 물어보던 그 신입 버스커가 분명했다.

오늘이 처음이라기에 일부러 쫓아냈는데 그 남자애가 경쟁 카페 앞에서 노래를 부르고 있다니.

그것도 하필이면 다른 사람도 아니고 윤환과 듀엣으로.

그는 어처구니없는 이 광경을 보며 뒷목이 당겼다.

지금도 부지런히 커피를 만들고 있는 뒤쪽 카페를 보고 있 자니 혈압이 끓어올랐다.

그러나 자신이 굴러 들어온 복덩이를 걷어차 버렸으니 누구를 탓할 수도 없는 노릇이었다.

한수와 윤환은 쉴 새 없이 노래를 불렀다.

윤환의 대표곡 세 곡을 연달아 부르고 난 뒤 한숨 돌리는 중 한수는 신경 쓰지 못하고 있던 알림을 확인했다.

[241/100]

"뭐?"

그리고 그 숫자는 계속해서 가파르게 상승하고 있었다.

계속해서 오르고 있는 숫자를 보고 있던 한수가 눈을 감았 을 때였다.

새로운 알림이 떴다.

[퀘스트를 성공적으로 완수하였습니다.]

[인원이 늘어나면 늘어날수록 더 좋은 추가 보상을 얻을 수 있습니다.]

잠깐만.

……추가 보상이라고?

한수는 침을 삼켰다.

과연 어떤 보상이 주어지게 될까?

그리고 그의 마음을 헤아리기라도 한 듯 곧장 알림이 떴다.

[관중 수가 백 명 단위로 증가할 때마다 경험치를 추가로 획득할 수 있습니다.]

[백 명당 추가로 얻을 수 있는 경험치는 1%입니다.]

[현재 얻은 추가 경험치는 2%입니다.]

알림을 보며 한수는 눈을 빛냈다.

'이건 대박이다.'

한수는 직감적으로 적지 않은 경험치를 얻어낼 수 있을 거라는 확신을 받았다.

그렇다는 건 여기 모이는 사람들의 수가 늘어나면 늘어날수록 더 많은 경험치를 추가로 받을 수 있다는 이야기였다.

오백 명만 모여도 5%의 경험치를 얻을 수 있다.

천금 같은 기회.

한수는 슬쩍 윤환을 쳐다봤다. 자신에게는 윤환이라는 든 든한 조력자가 있었다. 그리고 그는 여전히 노래를 부르고 싶 은 모양이었다.

"왜? 힘들어?"

윤환은 한수의 표정을 다른 의미로 해석했던 모양이다.

한수가 고개를 강하게 저었다.

"아뇨. 형님하고 함께 부를 수 있어서 영광입니다. 몇 곡이 든 달리겠습니다."

"나도 나쁘진 않은데…… 흠, 졸지에 게릴라 콘서트가 되어 버리겠는데?"

한수는 윤환 말에 거리를 둘러봤다.

주변을 빼곡히 메우고 있는 사람들부터 건물 안에서 창문 을 통해 그들의 공연을 지켜보고 있는 사람들까지.

게다가 그 수는 계속해서 증가 중이었다.

그러나 애초에 그런 걸 신경 쓸 윤환이었다면 이 무대에 난 입할 생각조차 안 했으리라.

윤환이 한수를 보며 말했다.

"인마, 이쯤에서 멘트를 쳐야 할 거 아니야. 버스킹 처음 해 보는 것도 아닐 텐데 무슨 초짜처럼……."

잠시 쉬는 동안 사람들이 눈을 동그랗게 뜬 채 기대 어린 시선으로 자신들을 바라보고 있었다.

한수가 머쓱한 얼굴로 대답했다.

"그게…… 네, 처음 맞아요."

"뭐? 정말? 진짜?"

"일단 멘트 좀 쳐보고 있을게요."

윤환은 어처구니없는 얼굴로 한수를 쳐다봤다.

버스킹을 처음 하는 놈이 이렇게 많은 사람 앞에서 여유롭게 노래를 부를 수 있다고?

자신도 처음 무대에 섰을 때는 엄청 긴장돼서 제 실력의 반도 발휘하지 못했을 정도다.

만약 저 말이 사실이라면 이놈한테는 끼가 있다는 이야기다.

'이놈은 진짜 타고난 가수가 아닐까?'

그러는 동안 한수가 멋쩍게 웃으며 입을 열었다.

"다들 제대로 즐기고 계신가요?"

"예!"

"원래 오늘은 연습 삼아 다섯 곡 정도만 부를 생각이었는데요. 이렇게 많은 분이 모였으니 조금 더 불러보겠습니다."

"와아아아!"

함성이 쏟아지는 가운데 한수가 윤환을 쳐다봤다.

그는 근처에 서 있던 관중에게 생수병을 건네받아 마시고 있었다.

가만히 윤환을 보던 한수가 다음 곡을 신중하게 골라냈다. 계속해서 발라드만 부르기보다는 윤환하고 함께 부르게 된 이상 조금 색다른 노래도 부르고 싶었다.

또, 오랜만에 윤환이 춤을 추는 모습을 보고 싶기도 했고.

더불어 관중 수가 늘어나면 누이 좋고 매부 좋은 일이었다.

밑밥은 제대로 풀었다.

남은 건 얼마나 수확하느냐다.

다다익선이라고 더욱더 많은 경험치를 얻을 수 있다면 더할 나위 없이 좋을 터.

한수는 주저 없이 MR을 틀었다.

목을 축일 겸 생수병을 얻어 마시고 있던 윤환은 힐끗 한수를 쳐다봤다. 지금 그는 멘트를 하면서 관중들과 소통하고 있었다.

누가 봐도 베테랑 가수다. 무대에서 노래해 본 경험도 적지 않게 있는 것 같다.

그래서 꽤 오랜 시간 버스킹을 했다고 생각했다.

그런데 오늘 처음 버스킹을 하러 나왔다고?

아무리 생각해 봐도 이상한 게 한두 가지가 아니다.

그렇다고 소속사 연습생 같진 않았다.

만약 소속사에서 이슈 몰이를 하려고 버스킹을 시킨 거라면 근처에 그 모습을 촬영하고 있는 카메라가 있어야 하는데 대부분 휴대폰으로 촬영하고 있었기 때문이다.

그때 MR이 깔리고 익숙한 음이 흘러나오기 시작했다.

그 음을 들은 순간 윤환이 인상을 구겼다.

이럴 줄 알았으면 다음 곡으로 어떤 노래를 부를지 한번 이야기를 나눠봤어야 했다.

자신의 잘못이 컸다.

그러나 이미 신나는 반주가 깔리고 있었다.

단번에 어떤 노랜지 안 관객들이 열렬히 환호를 보냈다.

윤환은 구겨진 얼굴로 무대에 돌아왔다. 그가 한수를 보며 눈매를 좁혔다.

"너 이따가 버스킹 끝나고 두고 보자."

"하하, 신나게 달려보고 싶어서요."

한수가 멋쩍게 웃었다.

동시에 노래가 시작됐다.

오래 만났지 다른 사랑하는 널-

노래를 부르면서 두 사람은 리듬을 타기 시작했다.

그와 함께 격한 환호성이 그 뒤를 이었다.

한편, 신난 두 사람과 달리 절절매고 있는 사람도 있었다.

사적으로는 윤환의 친구지만 공적으로는 매니저인 사람.

그의 얼굴은 새빨갛게 달아 올라 있었고 땀을 비 오듯 쏟아 내는 중이었다.

ㅡ그래서, 뭐가 어떻게 됐다고?

"환이가 홍대 쪽을 돌다가 버스킹 하는 사람 무대에 난입…… 아니, 합류해서 지금 같이 노래 부르고 있습니다."

ㅡ야, 이 새끼야! 옆에서 같이 따라다니는 거 아니었어? 관리를 어떻게 한 거야?

"죄, 죄송합니다. 팀장님."

ㅡ됐다. 널 믿고 맡긴 내 잘못이지. 이미 엎질러진 물인데 어쩌겠냐. 됐고. 거기 분위기는 어때?

그가 다급히 말했다.

"SNS을 보시면 알겠지만, 반응은 나쁘지 않습니다. 호응도 좋고요."

ㅡ휴, 걔가 일 저지르는 게 한두 번도 아니고. 그냥 게릴라 콘서트 열었다고 치고 사고만 안 치게 해. 어디까지나 그게 최우선인 거 알지? 너 또 사고 나면 그땐 가만 안 둔다.

"죄송합니다, 팀장님. 명심하겠……."

그래도 나쁘지 않은 분위기에서 윤환의 매니저가 전화를 끊으려 할 때였다.

익숙한 반주가 들렸다. 그리고 두 사람이 공연 중인 무대를 쳐다보던 그는 욕지거리를 내뱉고 말았다.

"미친."

사람들로 둘러싸인 무대에서 윤환이 신나게 댄스를 추며 무아지경으로 열창하고 있었다.

"……난 내일 죽었다."

그러는 사이 맨 앞줄에 앉아 있던 서윤은 쉬지 않고 울려대고 있던 휴대폰을 확인했다.

아까 전 순간적인 충동을 못 이기고 보낸 한 장의 사진, 그것 때문에 단톡방은 이미 폭발 직전이었다.

수천 개가 넘는 톡이 올라와 있었다.

처음에는 어떻게 된 일이냐고 묻다가 지금은 실시간으로 홍대 버스킹 무대를 중계하고 있었다.

―노래 겁나 잘함. ㄹㅇ

―와, 소름. 꺅〉.〈 윤환 오빠 사랑해요!

―다들 어디서 봐요?

―파프리카에서 생중계 중임 ㄱㄱ

―지금 몇 명 모인 거래?

―이거 백 프로 실검각이네 ㄷㄷㄷㄷㄷㄷㄷㄷ

―ㅋㅋㅋ 미친. 난리도 아니네, 반응 장난 아니야.

서윤은 줄줄이 올라오는 톡을 보며 흐뭇한 미소를 지었다.

처음에만 해도 한수를 믿기 어려웠다. 버스킹을 한다고 했을 때 말려야 하는 게 아닌가 싶었다.

버킷리스트라는 말에 나서서 돕긴 했지만, 처음부터 자리를 까이고 적잖게 걱정했다.

그러나 지금은 이곳에 온 게 행운이라고 생각되었다.

주변에 있는 수많은 사람이 환호하고 있었다. 이미 그 수는 수백 명을 넘긴 지 오래였다.

곳곳에서 시끄럽게 볼륨을 키워댄 채 버스킹 중이던 버스커들마저 이곳에 몰려들어 무대를 바라보고 있었다.

이미 이곳은 콘서트장이었다.

그리고 자신이 듣고 있는 건 그들의 라이브였다.

-한수 오빠가 이렇게 노래 잘 부를 줄은 생각지도 못한 거 있죠? 다들 부럽지? 메롱~

가만히 한수를 올려다보던 서윤이 단톡방에 톡을 남겼다.

그러자 우수수 톡이 올라오기 시작했다.

-야! 이서윤. 너 혼자만 가기 있냐? ㅡㅡ

-넘나 짱 나는 것. 귀띔이라도 해주든가.

-근데 너는 어떻게 알았대?

-윤환 오빠 어때? 잘생겼지? 보러 가고 싶다♥

-지방 사는 사람은 이래서 서럽당. ㅠㅠ

연달아 톡이 쌓였다.

그때였다.

신입생 후배가 남긴 톡이 서윤의 눈에 틀어박혔다.

—서윤 언니는 어떻게 한수 오빠하고 함께 있는 거예요?

그 말이 불씨가 되었고 봇물이 터지듯 의문이 담긴 톡이 쉴 새 없이 쌓이기 시작했다.

—그러게. 왜 둘이 같이 있는 거야?? _.ㅡ

—홍대 근처에 놀러 갔다가 우연히 만난 거 아니야?

—설마…… 오빠하고 언니, 사귀는 거 아니죠?

—그리고 보니 신환회 때부터 분위기가 묘하긴 했지?

서윤은 빨개진 얼굴을 감싸 쥐었다. 더 이상 단톡방에 올라오는 톡들을 볼 수가 없었다. 이러다가 자신의 마음을 들킬 것만 같았다.

그런데 그 톡을 보면서 또 다른 의문이 생겼다.

왜 한수는 굳이 자신을 불러서 셋 리스트를 만들어 달라고 한 걸까?

그 이유가 궁금했다.

「바람과 함께 사라지다」 이후로 연거푸 세 곡을 더 부른 뒤에야 두 사람은 숨을 골랐다.

그제야 술이 깬 윤환은 엄청나게 많은 인파를 보며 혀를 찼다. 처음에는 이곳에 그래도 제대로 노래 부르는 사람이 있어서 보러 온 거였는데 어쩌다 보니 난입을 하게 됐고 그러다가 소규모 콘서트로 확대되어 버렸다.

그러나 이미 적지 않게 쌓인 인파 때문에 통제가 제대로 되질 않고 있었고 자칫 잘못하면 혼잡해진 사람들끼리 서로 부딪치며 인명 피해로 이어질 수도 있는 일이었다.

윤환이 한수를 슬쩍 보며 말했다.

"이쯤에서 끝내자."

"예, 그래야 할 거 같아요."

근처 파출소에서 나온 경찰들이 인원을 통제하는 모습이 보였다. 여기서 더 버스킹을 강행했다가는 무슨 사고가 터질지 모른다.

이미 등급 심사 조건은 충분히 넘치게 끝낸 만큼 과열된 분위기를 가라앉힐 필요가 있었다.

그래도 아쉬움이 남았다.

평소 흠모했던 가수하고 이렇게 라이브로 함께 노래를 부를 수 있는 건 쉽게 오지 않는 기회니까.

그런 한수를 보며 윤환이 슬그머니 물었다.

"너 끝나고 바빠?"

"예? 아니요."

"그럼 끝나고 소주나 한잔하러 가자. 어때?"

"저, 저야 영광이죠."

윤환이 고개를 끄덕였다.

노래를 부르는 동안 계속 관찰했다. 그리고 확신했다.

이놈은 좋은 가수가 될 자질을 갖추고 있었다. 만약 연예인이 아니라면 이따가 술 마시러 가서 한번 꼬드겨 볼 생각이었다.

그리고 꼬드길 수만 있다면 오늘 또 한 번 사고 친 것도 적당히 무마될 수 있을 터였다.

한수가 침착한 목소리로 주변에 구름처럼 모인 인파를 향해 입을 열었다.

"여러분 죄송하지만, 이번 곡이 마지막 곡이 될 거 같습니다."

"안 돼!"

"저 이거 보려고 강남에서 여기까지 왔어요!"

"죄송해요. 원래 다섯 곡 정도 버스킹을 하러 온 건데 이렇게 커질 줄은 몰랐어요. 그럼 마지막 곡입니다. 다들 이 노래 듣고 한잔하시면 될 거 같아요."

마지막 MR이 깔리고 부드럽고 잔잔한 반주가 흘러나왔다.

술이 한잔 생각나는 밤—

윤환의 감미로운 목소리와 함께 노래가 시작됐다.

사실상 윤환을 한류스타로 만들었다고 해도 과언이 아닌 노래였다.

「소주 한잔」

한수가 제일 좋아하는 노래이기도 했다.

감미로우면서도 사람의 마음을 애절하게 만드는 호소력 짙은 목소리가 이 자리에 모인 수백 명의 마음을 애끓게 했다.

윤환이 보여주는 엄청난 무대 장악력을 느끼며 한수는 호흡을 골랐다.

이 노래는 사전에 약속이 되어 있었다.

윤환이 1절, 한수는 2절.

한수가 얼마나 이 노래를 잘 소화해낼 수 있을지 하는 호기심에 일부러 경쟁하듯 나누어 부르기로 한 것이다.

그렇게 애끓는 감정을 남기며 윤환이 1절을 마무리 지었다.

그러는 사이 한수는 윤환이 남긴 그 감정에 깊숙이 매몰되어 있었다. 애절하게 다가오는 그 감정에 눈시울을 붉혔다.

어렸을 때 이유도 모른 채 헤어졌던 첫사랑을 떠올리게 했다. 얼마나 애달프게 전화가 연결되길 원했던가. 그땐 되지도 않는 목소리로 이 노래만 쉴 새 없이 부른 적도 있었다.

들끓는 감정이 거침없이 동요했고 당시 느꼈던 절망과 고통이 여과 없이 목소리에 담겼다.

그것은 마치 상처 입은 사람이 피를 토해내듯 절규하는 것 같았다.

　모든 걸 잊은 채 가슴에 맺힌 그 감정에 매달려 노래를 불렀고 어느샌가 마지막 마디가 끝났을 때 한수는 자신도 모르는 사이 흘러내리는 눈물을 멈출 수가 없었다. 볼을 타고 눈물방울이 흘러내렸다.

　소매로 눈가를 훔친 뒤 눈을 떴을 때 한수는 놀란 얼굴로 자신을 쳐다보고 있는 윤환을 마주했다.

　한수가 멋쩍게 웃었다.

　윤환이 뭐라 하기도 전에 두 사람의 마지막으로 만들어 낸 무대 위로 박수갈채가 쏟아지기 시작했다.

CHAPTER
3

어마어마한 박수갈채 소리가 주변을 가득 울렸다. 동시에 밀집해 있는 군중들이 윤환과 한수를 보기 위해 점점 가까이 밀려들었고 그 흐름은 걷잡을 수 없는 상태였다.

조금 더 있다가는 인명 피해가 생겨도 이상하지 않은 상황이었다. 이 둘의 합작 무대는 상상 이상으로 대성공을 거두었다.

이는 비단 윤환의 유명세 때문만이 아니었다. 일반인임에도 불구하고 한수가 그 이상을 해냈기에 가능한 일이었다.

한수는 숨을 고르며 멍하니 앞에 떠 있는 불투명한 창을 바라봤다.

[1,411/100]

압도적인 성과.

주변을 둘러봤다. 그들 두 사람을 중심으로 사방에 사람들이 바글거렸고 그뿐만 아니라 인근 상가 건물에서도 창가를 통해 지켜보는 사람들이 부지기수였다.

한수가 눈을 감았다.

[홍대 버스킹 최종 관중 수는 1,411명입니다.]
[추가로 14%의 경험치를 획득합니다.]
[K-POP TV 채널 중 「발라드」 분야에 대한 경험치를 100% 모두 확보하였습니다.]

기대했던 것 이상의 성과에 한수는 가슴이 벅차오름을 느꼈다.

자신을 둘러싼 수많은 사람을 보며 한수는 눈을 빛냈다. 이번에는 적지 않은 운이 작용했다.

윤환이 함께했기 때문이다. 여기 모인 대부분의 사람은 윤환의 노래를 듣기 위해 모였다고 봐야 했다.

'하지만 언젠가는…….'

언젠가는 강한수, 이 이름 세 글자를 걸고 콘서트를 열게 되는 날이 올 게 될 것이다.

그때가 되면 이보다 더 많은 사람이 자신의 이름을 부르고 환호하게 되리라.

그날을 생각하며 한수가 벅찬 감동을 갈무리할 때였다.

노래가 끝난 뒤 윤환이 한수를 보며 뭐라 말을 꺼내려다가 일단 어디론가 전화를 걸기 시작했다.

"야. 너 어디야? 빨리 와. 이러다가 우리 압사당하게 생겼다. 아, 시끄럽고 미안하다고. 그놈들은 다음에 또 보자고 하고 먼저 돌려보내. 중요한 일이 있어. 인마! 그럴 시간에 빨리 와서 네 연예인 건져가."

전화를 끊고 윤환이 한수를 보며 말했다.

"너 어디 가지 말고 내 곁에 붙어 있어. 뭐 좀 확인해 볼 게 있으니까."

"확인해 볼 거요?"

"그래."

"그런데 제가 일행이 있어서요."

"누군데?"

한수가 앞줄에 앉아 있던 서윤이를 잡아끌었다.

"같이 가도 되죠?"

"애인?"

윤환 질문에 한수와 서윤, 두 사람 모두 얼굴을 붉혔다.

"아니에요."

"아니거든요!"

"뭐 그렇게 격렬하게 아니라고 해? 그러니까 더 의심 가잖아. 됐고, 곧 경호원 올 거야. 그때 같이 움직이면 돼. 그동안 네가 시간 끌고 있어."

한수가 고개를 끄덕여 보인 뒤 마이크를 재차 잡았다.

"오늘 공연을 즐겨주신 분 모두 감사합니다. 버스킹은 여기까지 하겠습니다. 생각보다 너무 많은 분이 몰려서 주변이 혼잡한 상황인데 다들 질서를 유지해서 조심히 돌아가시길 바랍니다."

한수는 고개를 꾸벅 숙여 보였다.

몇몇은 한수 말에 아쉬움을 토로하면서도 자리를 벗어나기 시작했다.

그러나 일부는 미련을 버리지 못하고 계속 자리를 지키고 있었다.

그러는 사이 윤환의 매니저가 경호원들과 함께 인파를 뚫고 무대 안으로 들어왔다.

"어, 왔어?"

"야! 내가 너 사고 치지 말랬지? 내가 팀장님한테 깨지는 거 보고 싶어서 그래? 이렇게 사람 많은 곳에서 왜 사고를 치냐고!"

"미안한데 일단 여기 나가서 이야기하자."

여전히 적지 않은 사람들이 주변에 몰려 있었다.

"그래, 일단 여기부터 빠져나가자."

"아, 이 두 사람도 챙겨줘. 저 짐도 같이."

"……뻔뻔한 자식."

하지만 어디까지나 이번 일은 윤환의 잘못이 컸다.

그가 애초에 버스킹에 난입하지 않았더라면 이렇게 소란은 일어나지도 않았을 테니까.

결국, 윤환의 매니저가 데려온 경호원들이 윤환을 우선적으로 둘러싼 채 이동했고 한수도 서윤과 함께 운반 수레를 가지고 그 뒤를 쫓기 시작했다.

몇몇 비이성적인 사람들이 어떻게든 윤환을 만지고 싶어서 악착같이 달려들었지만 그럴 때마다 경호원들이 적절하게 막아 세우며 더 큰 일은 벌어지지 않았다.

그렇게 「걷고 싶은 거리」를 빠져나온 뒤에야 그들은 한숨 돌릴 수 있었다.

그러나 여전히 적지 않은 사람들이 그들 뒤를 쫓고 있었다. 아무래도 그들을 떼어 내려면 도보보다는 자동차로 이동해야 할 듯싶었다.

경호원이 가져온 밴을 타며 윤환이 한수에게 물었다.

"야! 그러고 보니 통성명도 제대로 못 했었네. 내 이름은 알

테고, 너는 이름이 뭐야?"

"한수요. 강한수입니다."

"좋아. 여기에다가 번호 찍어둬. 이따가 연락할게. 그동안
그거 반납하고 있어."

윤환이 자신의 휴대폰을 한수에게 건넸다. 한수가 자신의
휴대폰 번호를 찍어 건네자 윤환은 고개를 끄덕여 보인 뒤 밴
을 타고 사라졌다.

순식간에 일어난 상황에 서윤이 한수를 보며 얼떨떨한 얼
굴로 조심스럽게 물었다.

"오빠, 지금 이거 꿈 아니죠?"

"꿈 아니야. 진짜 맞아."

서윤은 한 시간 남짓한 지금 이 순간 자신이 꿈을 꾼다고 생
각했다.

처음 윤환이 난입했을 때만 해도 어안이 벙벙했었다.

설마 그 윤환이? 한류스타 윤환이 한수 오빠하고 노래를 같
이 부른다고?

그런데 버스킹 무대가 전부 다 끝났을 때 서윤은 정신을 차
릴 수 없었다.

윤환보다 한수가 부른 노래가 더 귀에 감겼고 마음을 울렸
기 때문이다.

그랬기에 그녀는 한수를 달리 볼 수밖에 없었다.

그녀 눈에는 누군가를 흠모하는 그런 눈빛이 촘촘히 박혀 있었다.

"제 눈에는 오빠가 최고였어요. 원래 윤환 오빠 팬이었지만…… 오늘만큼은 오빠가 더 멋있었어요. 최고예요, 오빠."

한수는 갑작스러운 서윤의 칭찬에 얼굴을 붉혔다.

머쓱거리면서 한수가 말했다.

"고마워."

"진짜예요. 오빠 노래가 더 듣기 좋았다니까요?"

"쉿, 여기 지금 윤환 형 팬들로 깔렸을 텐데 계속 그랬다가는 큰일 나."

"아."

서윤은 조심스럽게 주변을 훑었다.

곳곳에서 윤환 이름이 적힌 피켓을 들고 있는 여성 팬들을 손쉽게 찾아볼 수 있었다.

"일단 이거부터 반납하고 오자."

그러나 대답하는 한수 얼굴에는 환한 미소가 귀에 걸려 있었다.

그렇게 두 사람이 운반 수레를 끌고 갈 때 몇몇 사람이 눈치를 보다가 두 사람에게 다가왔다.

"오늘 버스킹 하신 분 맞죠? 실례가 안 되면 인터뷰 좀 잠깐 할 수 있을까요?"

"소속사 있어요? 없으면 언제 한번 카메라 테스트 받으러 올래요?"

별의별 사람이 꼬였다.

기자도 있고 연예기획사 팀장이라는 사람도 있었다.

그럴 때마다 한수는 명함만 받고 인터뷰는 거절하며 대여했던 장비를 반납했다.

그때 휴대폰이 울렸다. 전화를 건 상대방은 윤환이었다.

한수와 서윤은 윤환이 끌고 온 밴에 올라탔다.

운전석에는 윤환 매니저가, 뒤에는 윤환이 홀로 앉아 있었다.

윤환 매니저가 정중한 목소리로 말을 꺼냈다.

"오늘 불편하셨다면 죄송합니다. 잘 모르시겠지만, 이 녀석이 워낙 제멋대로라서……."

"인마, 이 녀석도 좋아했다니까? 얼마나 감동에 벅찼는지 울 뻔했었다고!"

"그 정도까지는 아니었지만, 형님 덕분에 재밌게 즐길 수 있었어요. 한류스타하고 듀엣 할 수 있었는걸요?"

그러나 윤환은 한수의 말에 심각한 표정으로 중얼거렸다.

"저거 봐. 쟤 뭔가 이상해. 버스킹 처음 한다는 녀석이 무슨 무대를 즐겼다느니 그런 이야기를 하냐고. 내가 처음 버스킹 할 때는 한두 명만 와도 벌벌 떨고 그랬다고."

윤환이 투덜거렸다.

그 말에 한수는 어색하게 웃을 수밖에 없었다.

자신에게는 남들의 수십, 수백 배에 달하는 무대 경험이 있다고 밝힐 수는 없는 노릇이었다.

그건 무덤까지 가져가야 할 비밀이었다.

투덜거리던 윤환이 한수를 보며 물었다.

"그보다 시간은 충분한 거지?"

"예, 물론이죠. 아, 서윤아, 너는 괜찮아?"

대답하던 한수가 서윤이를 돌아봤다.

"네! 저도 괜찮아요."

서윤이가 냉큼 대답했다. 앞으로 무슨 재밌는 일이 있을지 모르는데 시간을 비워서라도 무조건 함께할 생각이었다.

"좋아, 그럼 가자."

"어디?"

운전 중이던 윤환 매니저가 되물었다.

"평소 3차 때 가는 곳. 거기로 가자."

"응? 거긴 또 왜."

"그냥 가자는 대로 해."

잠시 뒤, 밴이 도착한 곳은 홍대에서 멀리 떨어지지 않은 곳에 있는 노래방이었다.

방금까지 버스킹 하면서 실컷 노래를 불렀는데 여긴 또 왜

온 걸까?

한수가 의문스러운 얼굴로 물었다.

"노래방이요? 여긴 왜요?"

"말했잖아. 아까 확인해 볼 게 있다고. 자자, 일단 들어가자."

노래방에 들어가자마자 윤환은 한수에게 두툼한 노래방 책을 건네며 말했다.

"부르고 싶은 노래 불러봐. 단 내 곡은 빼고."

"네?"

"노래방에 왔으면 노래를 해야지. 자자, 빨리. 시간 간다."

뜬금없는 말에 한수가 의아한 얼굴로 물었다.

아무래도 이건 그가 확인해 보고 싶다는 것과 연관이 있을 가능성이 농후했다.

"도대체 확인해 보고 싶으신 게 뭔데요?"

"별거 아니야. 네가 얼마나 노래를 잘 부르는지 듣고 싶어서 그래. 버스킹 할 때 보니까 전력을 다해서 하는 거 같지도 않던데 이참에 제대로 달려보자고."

"어, 음."

문제 될 건 없다. 그러나 자신만 부를 수는 없지 않은가.

한수는 노래방 책을 뒤적거렸다. 그러면서 노래방 책 한 권은 윤환에게 내밀었다.

"저만 부를 수는 없죠. 형님도 같이 달려 주셔야죠."

"그래, 그래. 저분은?"

윤환이 서윤이를 가리켰다.

한수 입가에 웃음이 걸렸다.

"물론 서윤이도 불러야죠. 하하."

서윤이가 그 말에 눈을 흘겼다. 그러나 노래방에 왔는데 내 뺄 수도 없는 노릇이었다.

그렇게 각자 노래방 책을 뒤적거리기 시작했다. 그러던 중에 한수가 노래 하나를 골랐다.

오늘 준비해 온 셋 리스트에 들어 있던 곡이었다. 윤환과 함께 노래를 부르는 바람에 셋 리스트가 엉키지 않았더라면 무조건 불렀을 노래였다.

한수가 선곡하자마자 반주가 깔리기 시작했다.

반주를 듣자마자 윤환이 눈을 빛냈다.

"나도 좋아하는 노래지."

시계가 반대로 돌아가고 있어.

한수는 이 곡의 가수인 한태현처럼 담백하게 흐름을 이어 갔다.

이 노래는 이별한 후의 아픔을 잘 살렸고 다시 돌아가고 싶어 하는 남자의 애절한 마음을 그대로 녹여냈다.

이 노래를 부른 한태현은 처음에만 해도 크게 인정받지 못하다가 몇 년이 지난 뒤 한 예능 프로그램에 나와서 이 노래를 불렀다.

그 이후 각종 음원 순위에서 역주행을 하게 되며 단숨에 인기가수가 되었다.

한수는 K-POP TV를 보면서 쌓은 감정을 되살리며 도입부를 시작했다.

노래가 진행될수록 점점 더 헤어짐에 아파하고 그것을 서러워하며 어떤 식으로든 되돌리고 싶어 하는 남자의 그 애절함이 차곡차곡 한수의 가슴에 싸여갔다.

한수는 자신도 모르는 사이에 노래에 더욱더 몰입하기 시작했다. 단지 경험치를 얻거나 새로운 채널을 얻기 위해 노래를 하는 것이 아닌, 정말 마음에서부터 우러나온 진심이 목소리에 가득 배었다.

그것이 호소력 짙은 목소리와 어우러지며 사람의 감정을 들끓게 했다.

윤환은 소파에 앉은 채 열창 중인 한수를 바라보고 있었다. 아까 전 버스킹을 할 때부터 그는 묘한 위화감을 느꼈다.

특히 「소주 한잔」 2절을 한수가 부르는 모습을 보며 윤환은 입술을 깨물어야 했다.

뭐랄까.

누군가 자신을 업그레이드해 놓은 듯한 느낌?

그래서 그것을 확인해 보고 싶었다. 다른 사람의 노래를 부를 때도 그러할까? 아니면 자신의 노래만 그런 걸까?

그러는 사이 클라이맥스까지 노래가 이어졌다.

난 이 소설의 끝을 다시 써보려 해—

윤환 옆자리에 앉아 있던 매니저가 자신도 모르게 눈시울을 붉혔다.

이별을 괴로워하지만 합칠 수 없는 그 연인의 마음이 구구절절 녹아 있었다.

그것이 자신과 겹쳐졌고 이젠 얼굴조차 기억 안 나는 옛 여친이 보고 싶고 그리워졌다.

"후."

윤환은 짤막하게 숨을 토해냈다.

점점 더 커지는 그 감정이 숨을 조이고 있었다.

그렇게 호흡이 가빠질 무렵 4분 22초짜리 곡이 끝났다.

한수도 곡을 끝내고 숨을 골랐다. 생각보다 노래가 어렵지 않았다. 예전보다 훨씬 부르기 쉬웠다.

지금 목 상태면 무슨 노래든 전부 다 소화할 수 있을 것만 같았다.

그때 윤환이 한수를 보며 물었다.

"한 곡, 신청할 수 있을까?"

"무슨 노래인데요?"

"지금 선곡해 줄 테니까 한번 불러봐."

윤환이 직접 리모컨을 눌러 노래를 골랐다. 그가 선곡한 노래 제목을 본 한수가 눈매를 좁혔다.

K-POP TV에서 들어 본 노래 중 하나다.

그러나 장르가 판이했다. 그가 여태 부른 노래는 발라드였다.

하지만 윤환이 고른 건 사이키델릭 록이었다. 발라드에서 록으로 아예 장르가 바뀌었다.

그렇지만 부를 수 있다.

K-POP TV에서 이 밴드의 라이브 영상을 봤기 때문이다.

한수가 마이크를 잡았다.

벌거벗은 너의 시선은-

기존에는 감미롭고 부드러운 미성이었다면 이번에는 찢어질 듯 까랑까랑한 목소리가 터져 나왔다.

그것을 보며 윤환은 헛웃음을 흘릴 수밖에 없었다.

설마 했다.

그런데 이 노래마저 완벽하다.

완벽하게 복사해내고 있다.

이쯤 되니 궁금해질 수밖에 없다.

이놈은 도대체 누굴까? 누구기에 텔레비전에 나온 가수들을 완벽하게 따라서 불러 버리는 걸까.

방금 부른 「이 소설의 끝을 다시 써보려 해」보다는 조금 아쉽지만 그래도 이 정도면 웬만한 가수 이상이다.

일단 장르를 넘나들고 있고 목소리의 변화도 자유자재였다.

폭발적인 고음이 쏟아지는 그때 윤환은 오래전 끊었던 담배가 고팠다. 믿어지지 않는 이 현상에 허탈한 웃음만 터져 나올 뿐이었다.

이 실력이 오늘 처음 버스킹을 해보는 사람의 것이라고?

이 정도면 이미 소문이 났어야 정상이다.

인디 밴드든 유튜브든 어디든.

그런데 무슨 하늘에서 뚝 하고 이렇게 떨어질 수가 있단 말인가.

그렇게 「거울」이 끝났을 때 윤환이 한수를 노려보며 입을 열었다.

"너, 도대체 정체가 뭐야?"

윤환의 표정은 기묘했다.

울고 웃고 불쾌하고 기뻐하고 재밌어하고 괴로워하고.

온갖 감정들이 얼굴에 가득 담겨 있었다.

'이 녀석은…… 괴물이야.'

가수를 잡아먹는 괴물.

만약 이 녀석이 가면을 쓰고 노래 부르는 그 예능 프로그램에 출연한다면 어떻게 될까?

과연 판정단은, 시청자는 이 녀석이 누군지 알아맞힐 수 있을까?

그게 가능할까?

잠시 생각해 보던 윤환은 고개를 절레절레 저을 수밖에 없었다.

한수가 가면을 벗고 노래를 불러도 어처구니없어 할 그들의 얼굴이 벌써 그려지고 있었다.

물론 지금 당장 「복면가왕」에 내보낼 수는 없다는 건 윤환도 잘 알고 있었다.

「복면가왕」은 어느 정도 인지도가 쌓여야 출연할 수 있으니까.

그렇다면 「시크릿 싱어」는 어떨까?

「시크릿 싱어」는 가능할지도 모르겠다.

「시크릿 싱어」는 원곡 가수와 가장 똑같게 노래를 부를 수 있는 모창 능력자를 찾아내는 프로그램이다.

아마 그 프로그램이라면 우승도 거뜬히 거머쥘 수 있지 않을까.

온갖 상상의 나래를 펼치고 있던 윤환이 한수와 서윤을 번

갈아 보며 말했다.

"노래 부르고 있어. 잠깐 나갔다 올게. 야, 너도 나와봐."

매니저를 끌어낸 뒤 윤환은 잠깐 밖으로 나왔다.

"어때?"

단번에 의도를 알아챈 매니저가 대답했다.

"엄청나지. 저렇게 잘 부를 줄은 생각도 못 했다."

"휴, 난 무섭다. 진짜 저놈이 나 대신 콘서트에서 노래 부른
다고 생각해 봐. 너라면 눈치챌 수 있을 거 같아?"

"음."

말문이 막혔다.

실제로 그런 상황이 벌어지면 가수가 바뀐 걸 눈치챌 수 있
을까? 특히 「소주 한잔」은 거의 완벽하다고 생각될 만큼 똑같
았는데?

잠시 머뭇거리던 매니저가 고개를 저었다.

"아니. 구분 못 할 거 같아."

"그래. 그래서 문제라는 거야. 나뿐만 아니라 다른 발라드
가수도 모두 큰일 난 거고."

입술이 건조했다. 혀끝이 바싹하게 타들어 가는 느낌이다.

기분 좋게 버스킹을 했다. 재능 있는 후배를 찾았다고 생각
했다. 그러나 지금은? 뭐든 복사해내는 3D프린터를 마주한
느낌이다.

그게 어떻게 가능한 건지는 모르겠지만.

"팀장님은 어디쯤이래?"

"미팅 잡힌 게 있어서 조금 늦는대. 출발하는 대로 연락 준다고 하셨어. 회사로 들어올 거냐고 묻기에 가게로 가 있겠다고 했지."

"좋아. 확인할 건 다 확인했으니까 슬슬 자리 옮기자. 솔직히 말해서 지금 술이 겁나 땡기거든."

"알았어. 차 준비시켜 둘게."

윤환이 고개를 끄덕였다. 주차장으로 걸어가는 매니저 뒷모습을 보던 윤환은 담뱃갑이 없다는 걸 알고 있는데도 불구하고 호주머니를 뒤적거렸다.

그 어느 때 보다 담배가 절실하게 고팠다.

두 사람이 나간 뒤 노래방 안에는 한수와 서윤, 단둘만 있었다.

어색한 가운데 서윤이가 조심스럽게 말했다.

"오빠가 그렇게 노래 잘하는지 몰랐어요."

"고마워. 하하."

한수가 멋쩍게 웃었다. 그래도 이렇게 칭찬을 듣고 아까 전 생각했던 것 이상의 성과를 거둔 걸 생각해 보면 K-POP TV 채널을 확보한 건 정말 잘한 선택인 듯했다.

한수는 K-POP TV 채널을 얻고 난 뒤 한동안 노래에 푹 빠져 지냈다.

PC방 아르바이트도 그만뒀기 때문에 시간적인 여유는 충분했고 대부분의 피로도를 K-POP TV 채널에 투자하는 데 집중했다.

원랜 HBS Sports 채널에 관심이 더 많았다.

프리미어리그 경기를 즐겨봤고 또 실제 축구선수처럼 볼을 차고 싶기도 했으니까.

그러나 단순히 능력을 얻는다고 해서 안 되는 분야가 있었다.

그것은 몸을 쓰는 일이었다.

실제로 퀴진 TV 채널을 확보했을 때 한수는 꽤 오랜 시간 고생을 해야 했다.

머릿속에는 텔레비전에 나온 쉐프들의 손놀림이나 그들의 경험, 생각, 아이디어 등이 고스란히 쌓였지만 그걸 실체화시키는 일이 너무나도 어려웠기 때문이다.

어수룩한 칼질 때문에 손가락이 베인 일은 말로 설명하기 힘들 만큼 수도 없이 많았다.

축구도 마찬가지였다. 머릿속에는 프로 선수들이 어떤 식으로 볼을 차서 어떻게 개인기를 펼쳤는지 선명하게 기억되어 있지만, 막상 그걸 자신이 구현하는 건 전혀 다른 문제였다.

그래서 HBS Sports에 대한 관심이 시들해졌을 때 대신 관심을 기울인 게 바로 K-POP TV였고 노래였다.

덕분에 꽤 많은 경험치를 쌓았고 오늘 홍대에서 한 버스킹 덕분에 「발라드」 분야에 대한 경험치는 100% 쌓을 수가 있었다.

한수가 농담 삼아 말했다.

"내가 코인 노래방에서 쓴 돈, 다 합치면 건물 한 채는 못 사도 원룸 한 칸 정도는 살 수 있을걸?"

그만큼 노력했다.

덕분에 적지 않은 경험치를 쌓을 수 있었고 오늘 고스란히 결실을 거둘 수 있게 됐다.

서윤이가 놀란 얼굴로 물었다.

"정말요?"

"농담이야. 농담."

"아, 난 또."

"근데 너는 노래 안 불러? 여태 나만 노래 불렀잖아."

한수 말에 서윤이가 어색하게 웃었다.

"제가요?"

"응. 이 형도 노래 불러야 하는데 어딜 가서 아직도 안 오는 거야."

고민하던 서윤이가 흔쾌히 고개를 끄덕였다.

"알았어요. 한번 불러볼게요."

그녀가 고른 노래는 조금 뜻밖이었다.

팝송이었다.

제목이 「Listen To My Heart」였는데 원곡을 부른 가수는 남자가수였다.

잔잔한 반주가 깔렸고 그 위에 서윤이가 부르는 감미로운 목소리가 덮였다.

천천히 감정을 고조시키던 도중 한번 들으면 누구나 '아, 이 노래?' 할 만큼 귀에 익은 멜로디와 가사가 터져 나왔다.

노래를 잘 부른다고는 이야기 못 하겠지만, 그녀의 목소리에는 진솔함이 담겨 있었다.

열심히 노래를 열창 중인 서윤이가 한수를 슬쩍 쳐다봤다가 얼굴을 붉혔다.

한수도 어색하게 그 시선을 피했다.

그러나 노래 가사처럼 서윤이의 심장 소리가 점점 더 크게 들리는 것 같았다.

그렇게 노래가 끝이 났다.

서윤이는 가볍게 숨을 쌕쌕거리며 호흡을 내뱉고 있었다.

멋쩍게 그 모습을 보던 한수가 말했다.

"노래 잘 부르네."

"그게 끝이에요?"

"어, 그러니까······."

한수가 당혹스러워하다가 이내 결심하고 말을 꺼내려 할

때였다.

문이 열리고 윤환이 안으로 들어왔다. 매니저는 옆에 없었다.

"분위기가 왜 이래?"

후끈 달아오른 노래방 분위기에 윤환이 고개를 갸웃거렸다. 하지만 서윤이는 갑작스럽게 등장한 윤환을 보며 눈을 흘겼다.

한수가 대답했다.

"서윤이가 팝송을 불렀거든요."

"팝송? 팝송 좋지. 음, 그러고 보니 너 팝송도 잘 부르냐?"

한수가 그 말에 손사래를 쳤다.

"아뇨. 저 팝송은 전혀 못 해요."

"뭐? 노래를 그렇게 잘 부르는데 팝송은 왜?"

"그럴만한 이유가 있어요."

"영어 울렁증이라도 있어? 너 대학생이랬나? 성적은 좋지 않았나 봐. 잘됐네, 마침 다른 게 아니라······."

그때 서윤이가 눈살을 찌푸리며 소리쳤다.

"아니거든요. 오빠 수능 만점자예요!"

"어? 잠깐만. 뭐? 수능 만점? 너 그럼 대학교가······."

"한국대학교 경영학부입니다. 서윤이는 저랑 같은 학교 선배예요. 제가 재수하느라 늦게 입학해서······."

그 뒤로 한수가 뭐라고 더 말을 하는 것 같았지만 들리지 않았다.

윤환은 한참 동안 멍하니 있다가 고개를 절레절레 저었다. 이따가 팀장을 만나게 되면 한수를 한번 꼬셔 보라고 할 생각이었는데 한국대학교 재학생일 줄이야.

그것도 수능 만점이라고?

그렇다는 건 그동안 공부만 주야장천 파고들었단 의미가 아닌가. 아직 학창 생활도 시작하지 않은 모양인데 가수가 되려 할까?

소속사 연습생으로 시작해야 할 테고 당장은 그 무엇도 보장받을 수 없는 상황이 되어버릴 텐데?

윤환은 새롭게 알게 된 충격적인 사실에 허허거릴 수밖에 없었다.

그것도 잠시 윤환이 한수를 쳐다보며 물었다.

"아니, 한국대생인데 팝송을 왜 못 해? 영어도 잘할 거 아냐?"

"그게 그럴만한 사정이 있어서……."

그러나 밝힐 수 없는 사정이다.

평생 비밀로 해야 할 일이기 때문이다.

한수가 팝송을 부를 수 없는 이유는 간단했다. 아니, 부를 수는 있겠지만 노래 실력은 형편없을 것이다.

왜냐하면 텔레비전을 통해 팝송 무대를 본 적이 없기 때문이다.

한수가 본 건 K-POP TV다. K-POP TV 채널에서 주로 다루는 건 아이돌 노래다.

한류스타 노래도 다루기 때문에 윤환의 노래도 부를 수가 있었다. 한태현도 비슷하다. 그는 서바이벌 프로그램 우승자 출신이었고 그래서 무대 영상이 나온 적이 있다.

「거울」을 부른 밴드도 특별 무대를 한번 본 것 때문에 부를 수 있던 것이지 다른 노래였으면 부르기 어려웠을 것이다.

그렇다 보니 K-POP TV를 통해 주야장천 들은 「발라드」나 「댄스」에 비해 아직 「록」이나 「힙합」 같은 다른 분야에 대한 경험치는 쥐꼬리만큼 쌓인 상태였다.

이 능력은 정말 명확하다.

텔레비전을 통해 본 건 그대로 지식이 머릿속에 쌓인다.

가수의 버릇, 습관, 창법, 발성, 호흡, 그밖에 모든 게 기억된다.

문제는 그 노래에 한해서다.

텔레비전을 통해 본 적 없는 건 불가능하다.

그것마저 해내려면?

그건 한수가 얼마나 노력하느냐에 달려 있다.

윤환마저 자신의 애창곡을 한 곡 부른 뒤에야 그들은 노래방에서 나왔다. 매니저가 끌고 온 밴이 노래방 앞에 정차 중이었다.

윤환이 한수를 보며 말했다.

"이제 단둘이 소주 한잔하러 가자."

"단둘이요?"

"어. 너랑 나. 둘이. 아, 뒤늦게 한 명이 합석할 수도 있긴 한데 그건 그때 가서 이야기하면 되고. 아마 비즈니스도 포함될 거라서 조금 조심스럽거든."

한수가 곤란한 표정을 지었다. 자신이 도와 달라고 부른 서윤이를 이대로 혼자 보내는 게 마음이 편치 않았다.

서윤도 그 기색을 느꼈는지, 먼저 가 봐야겠다는 말을 꺼냈다.

"아, 맞다! 오늘 엄마가 너무 늦게 들어오지 말라고 하셨는데. 시간이 벌써 이렇게 됐네요. 먼저 들어가 볼게요."

서윤이 다음에 보자며 인사를 했다. 한수가 마침 다가오는 택시를 잡아 세우며 센스 있게 빠져주는 서윤에게 말했다.

"오늘 도와줘서 정말 고마웠어."

그 말에 서윤이가 한수를 빤히 보며 물었다.

"아까부터 궁금했는데 왜 저였어요?"

"응?"

"왜 저보고 도와 달라 하신 거예요? 셋 리스트 고르는 거요."

하긴 굳이 와달라고 할 필요는 없었다.

전화로 물어봐도 충분했다.

그런데도 그녀를 부른 건 다른 이유에서가 아니었다.

"너밖에 생각이 안 났거든."

한수가 머쓱하게 웃으며 대답했다.

그 말에 서윤의 표정이 더욱 환해졌다.

"그럼 새터 때 보자."

"네, 오빠. 그리고…… 아니에요. 나중에 봐요."

그 말을 끝으로 서윤이가 기다리고 있던 택시에 뒤늦게 올라탔다.

한수가 뒤늦게 소리쳤다.

"조심히 들어가. 집에 도착해서 연락하고."

"오빠도요. 이따 연락해 줘요."

서윤을 떠나보낸 뒤 한수는 상기된 얼굴로 윤환을 바라봤다.

그런데 그의 표정이 영 탐탁지 않아 보였다.

그가 구시렁거렸다.

"솔로는 서러워서 살겠나?"

"사귀는 거 아니라니까요!"

"내 눈이 동태눈인 줄 아냐? 빨리 타기나 해. 내 가게로 갈 거야."

잠시 뒤, 윤환과 한수를 태운 밴이 강남을 향해 움직였다.

윤환이 직접 자신의 이름을 내걸고 운영 중인 가게로 가기 위해서였다.

한편, 택시에 탄 채 집으로 가고 있던 서윤의 표정은 그 어느 때보다도 밝았다.

그녀는 휴대폰을 만지작거리며 아까 미처 읽지 못했던 단톡방 톡을 확인했다.

그렇게 한참을 내리던 도중 눈에 띄는 게 있었다.

누군가 캡처 사진을 올렸는데 그것 때문에 단톡방이 난리였다.

서윤은 캡처 사진을 보자마자 웹사이트에 접속했다.

그리고 그게 사실임을 안 순간 한수에게도 그 사진을 전송했다.

이미 파란이 일어나고 있었다.

한창 밴에서 윤환과 음악에 관해 심도 있는 이야기를 나눌 때였다.

휴대폰이 울렸고 뒤늦게 확인을 했다.

그리고 서윤이가 보낸 캡처 사진을 확인한 한수가 눈을 휘둥그레 떴다.

그 모습을 보고 윤환이 의아한 얼굴로 물었다.

"무슨 일이기에 그렇게 놀래?"

한수는 대답 대신 서윤이가 보낸 캡처 사진을 윤환에게 보여줬다.

윤환이 어이없는 얼굴로 한수를 바라보다가 물었다.

"이거 진짜야?"

한수는 대답 대신 웹사이트 실시간 검색어 순위를 확인시켜줬다.

1위 윤환
2위 홍대
3위 버스킹
······
7위 홍대 버스킹남
9위 소주 한잔

실시간 검색어 순위에 오늘 두 사람이 벌인 일과 관련 있는 게 다섯 개나 올라와 있었다.

"와, 너무하는 거 아니냐?"

"예? 왜요?"

"아니, 작년에 컴백했을 때만 해도 실검 1위에 못 올랐는데 이게 말이 되냐고. 아오, 갑자기 열 받네."

한수는 그 모습을 보곤 피식 웃음을 터뜨렸다.

"그래도 좋은 게 좋은 거 아니에요?"

"뭐, 그건 그렇다만…… 이제 너는 어떻게 하냐?"

"네? 저요?"

"7위, 저거 너 말하는 거 아니야? 이제 너도 유명세 치르게 생겼는걸."

"아……."

그러는 사이 밴이 멈춰섰다.

그들이 도착한 곳은 강남역 부근에서 윤환이 직접 자신의 이름을 걸고 운영 중인 술집 「소주 한잔」이었다.

한수는 윤환과 단둘이 프라이빗룸 안에 앉아 있었다.

윤환이 소주를 빈 잔에 따라주며 물었다.

"버스킹은 어쩌다가 하게 된 거야?"

"버킷리스트라서요."

"뭐? 버킷리스트. 풉, 푸하하하. 스타 되고 싶어서가 아니라?"

"예, 아직은 생각 없어요."

한수가 고개를 절레절레 저었다.

당장 스타가 되고 싶은 생각은 없었다.

넉 달 동안 텔레비전의 도움을 받긴 했어도 열심히 공부해서 한국대학교에 입학했는데 최소한의 캠퍼스 라이프는 즐길 생각이었다.

이를테면 소개팅이나 캠퍼스 커플 같은 것. 동아리 활동도 있을 테고.

윤환이 아쉬운 얼굴로 한수를 쳐다봤다.

"가수 될 생각은 없어?"

"아예 없는 건 아니에요."

"그래? 나는 네가 정말 훌륭한 가수가 될 수 있을 거라고 생각하거든."

"글쎄요. 지금은 어렵지 않을까요?"

"물론 지금은 어렵지. 그래도 너만의 목소리를 낼 수 있게 되면 그때는 가능할 거야. 문제는 모창 위주로 노래를 부른 애들은 그렇게 바꾸는 게 좀 어렵고 오랜 시간이 걸린다는 거지만."

한수가 윤환 말에 고개를 끄덕였다.

텔레비전이 그에게 준 재능은 엄청난 것이다.

다양한 가수들, 그들이 부르는 다양한 목소리.

그것들을 전부 다 소화할 수 있게 만들었으니까.

그러나 정작 중요한 건 빠졌다.

다른 가수들이 부르는 건 그대로 따라 부를 수 있다.

때로는 그들보다 더 나은 결과를 도출하기도 한다.

하지만 자신의 목소리는?

내 목소리는?

K-POP TV 중 「발라드」 부분에 대한 경험치를 100% 쌓았지만 만족할 수 없는 건 바로 그런 이유에서였다.

무슨 노래를 부르든 그건 결국 한수 본인의 목소리가 아닌 다른 가수의 목소리에 불과하기 때문이다.

"그래도 넌 충분히 재능이 있어. 특히 그 나이에 그 정도 호소력은 갖기 힘든 거거든."

윤환이 소주 한잔을 입에 털어 넣었다.

아까 전 그가 「소주 한잔」 무대가 끝났을 때 충격받았던 건 다른 이유에서가 아니었다.

한수가 부른 노래. 그 노래가 마음을 강하게 울리는 감동을 선사해서였다.

윤환에게도 적지 않은 후배 가수들이 있고 개중에는 한수 또래도 많지만 이렇게 감정을 자극하는 호소력 짙은 노래를 부르는 가수는 몇 없었다.

이건 타고나는 것이기 때문이다. 타고나지 않은 가수는 몇 년, 몇십 년이 지나도 구사하지 못할 때가 많다. 또, 그런 가수들은 시간이 지날수록 잊히기 마련이다.

결국 노래라는 건 목소리를 통해 감정을 전달하는 것이고 그 감정의 울림이 없다면 롱런 할 수 없기 때문이다.

그렇게 계속해서 심도 있는 대화를 나눌 무렵이었다.

프라이빗룸 문이 벌컥 열리고 얼굴 곳곳에 수염이 덥수룩하게 난 털북숭이가 들어왔다.

"야, 윤환. 너는 진짜!"

대뜸 윤환을 보자마자 삿대질을 해대는 털북숭이가 눈매를 좁혔다.

"이번 일은 쉽게 넘어갈 생각하지 마라. 너 때문에 주말에 이게 무슨 난리냐?"

"미안해. 뭐 덕분에 실검 1위도 올랐다며?"

"그래. 구설수 때문에 오른 건 아니니까 다행이긴 하지. 그보다 이쪽이 그⋯⋯."

"어. 노래 천재. 인사해. 강한수래. 한국대학교 경영학부 재학 중이고 음, 노래를 기막히게 잘해. 모창이란 게 아쉽지만."

"그래? 음, 처음 뵙겠습니다. 구름 엔터테인먼트의 3팀장 박석준입니다."

"강한수입니다."

박석준은 지갑에서 명함 하나를 꺼내 한수에게 건넸다.

한수가 명함을 지갑에 집어넣을 때 석준은 그런 한수를 위아래로 훑어내렸다.

"어휴, 징그럽게 그게 뭐야. 형 요즘 세상에 그랬다가는 성희롱으로 신고 먹어."

"신고는 무슨. 근데 비율 진짜 좋네. 키도 크고 체격도 좋고. 올해 몇 살이시죠?"

"스물셋입니다."

"군대는 다녀오셨나요?"

"예, 현역 제대했습니다."

"좋다, 좋아."

석준이 자리에 앉으며 한수에게 물었다.

"연예인이 꿈이십니까?"

"형, 꿈 깨. 버스킹 그거 버킷리스트라서 해본 거였대. 그리고 한국대학교 다닌다니까?"

"아니, 그래도. 오디션 한번 보실 생각 없으세요?"

"오디션요?"

"예, 한수 씨 정도면 아이돌 그룹 센터로 딱이거든요. 키 크고 비율 좋고 훤칠하고 노래도 잘 부르고. 메인 보컬에 센터로 넣기 충분하죠. 생각 있으세요?"

"형! 무슨 아이돌은 아이돌이야. 얘는 싱어를 해야 해. 아이돌하고는 안 어울려."

"인마. 네가 영업하냐? 내가 영업하지."

"그래도 무슨 아이돌이야. 아이돌이."

"야! 요즘 아이돌도 노래 잘 불러. 그거 편견이다."

"그래도. 난 내키지 않아. 언제 데뷔할 수 있을지도 막막하고 한수 나이면 솔직히 아이돌 하기에 적은 편은 아니잖아."

3팀장이 그 말에 인상을 찡그렸다.

그렇지만 틀린 말은 아니었다.

가만히 두 사람이 나누는 대화를 듣고 있던 한수가 입을 열었다.

"죄송하지만 저는 아이돌 할 생각이 없습니다, 팀장님."

"아니, 왜요? 저는 한수 씨가 아이돌도 충분히 할 수 있다고 생각하는데요?"

"……제가 정말 엄청난 몸치거든요."

"예?"

3팀장이 인상을 구겼다.

그러나 한수의 태도는 당당했다.

그리고 사실이었다.

이건 타고난 것이었고 신체적인 한계였다. 제아무리 아이돌 댄스를 머릿속에 처박는다고 해도 불가능한 일은 있게 마련이었다.

축구 실력이 좀처럼 늘지 않는 것도 이것과 연관이 있는 게 분명했다.

다른 걸 떠나서 몸 쓰는 일만큼은 좀처럼 숙달되지 않았다.

퀴진 TV 채널을 확보한 이후에도 그랬다. 지금은 조금 나

아졌지만, 첫날은 요리를 만들다가 손 곳곳에 생채기가 생기기 일쑤였다.

대놓고 한수가 거절하자 3팀장도 더 이상 밀어붙이진 못했다.

그래도 3팀장은 꽤 한수를 탐내고 있었다.

오늘이 버스킹 첫날인데 천 명이 넘는 관중을 끌어모았고 그뿐만 아니라 지금은 실시간 검색어 5위까지 올랐다.

네티즌들은 지금 그의 정체를 파악하기 위해 안달이 나 있었다.

그만큼 신선한 얼굴이다.

신선하다는 건 대중에게 먹힐 가능성이 크다는 걸 의미한다.

대중은 항상 못 보던 것, 새로운 것을 원하기 때문이다.

"조심히 들어가."

"한수 씨, 어느 때든 꼭 연락 줘요!"

"여기까지 태워다 주셔서 감사합니다."

"다음에 또 보자."

윤환이 손을 흔드는 사이 밴이 점점 멀어졌다.

한수는 휴대폰 시계를 확인했다.

새벽 4시.

저녁 10시 무렵 시작되었던 「소주 한잔」에서의 술자리는 새벽 3시가 되어서야 끝이 났다.

온몸이 찌뿌둥했다.

그래도 윤환이라는 한류스타와 친분을 맺게 된 것만으로도 소득이 있는 오늘 하루였다.

한수는 서윤에게 전화를 걸까 하다가 메시지만 남기기로 했다. 전화를 하기엔 너무 늦은 시간이었다.

그 대신 한수는 어제 얻은 성과를 다시 한번 확인했다.

우선 K-POP TV 중 「발라드」 분야에 대한 경험치를 100% 확보했다. 더불어 K-POP TV 등급 심사를 위한 퀘스트도 완료했다.

그 덕분에 새로운 채널 확보권도 얻게 됐다.

곰곰이 고민한 끝에 한수가 고른 채널은 17번 TBC였다.

이제 며칠 뒤 「트루 라이즈」 일반인 면접이 있었다.

시즌 1부터 시즌 3까지 재밌게 봤던 애청자인 만큼 꼭 참가하고 싶었다.

그렇게 한수가 TBC 채널을 새롭게 확보했을 때였다.

알림이 떴다.

한수가 눈을 감고 새롭게 떠오른 알림을 확인했다.

[다섯 개의 채널을 확보하였습니다.]

[채널을 확보한 만큼 인지도를 쌓아서 명성을 높이세요.]

[명성이 높아질수록 특권을 얻을 수 있게 됩니다.]

특권?

고개를 갸웃하던 한수가 특권을 확인했다.

그리고 딱 하나 확인이 가능한 특권을 본 순간 한수는 자신도 모르게 침을 꿀꺽 삼켰다.

[특권1. 채널 마스터의 능력을 DMB가 장착된 스마트폰에 추가로 적용시킬 수 있습니다.]

한수는 그것에 필요한 명성치를 확인했다.

필요 명성 1,000.

그러나 지금 한수가 가진 명성은 10에 불과했다.

그러나 이 특권은 반드시 필요했다. 앞으로 대학교를 다니게 되면 피로도를 쓰는 것도 녹록지 않은 일이 될 게 분명했다.

그때 이 특권은 정말 유용하게 써먹을 수 있게 될 터.

명성이 아직 낮은 탓인지 아니면 특권을 하나도 얻지 못해서인지 다른 특권은 확인이 불가능했다.

'명성을 올리려면 어떻게 해야 하지?'

이럴 줄 알았으면 새롭게 얻은 채널 확보권을 조금 더 생각해 보고 쓸 거였다.

그러나 채널을 다섯 개 확보했기 때문에 특권이 새로 생긴 것이었다.

일단 지금은 자신이 가진 채널로 어떻게 명성을 끌어올려야 할지 고민해 봐야 할 것 같았다.

그가 현재 가진 채널은 모두 다섯 개다.

EBS PLUS 1, 퀴진 TV, HBS Sports, K-POP TV 그리고 TBC다.

여기서 명성을 얻기에 가장 좋은 길은 역시 퀴진 TV다.

요리 대회에 나가서 우승한다면 적지 않은 명성을 쌓을 수 있을 것이다.

문제는 요리 대회가 열리려면 아직 멀었다는 것이다.

텔레비전에서 하는 가장 큰 규모의 대회라고 하면 「쉐프 코리아」 또는 「전국 팔도 우리 맛 겨루기」인데 둘 다 가을쯤 열리다 보니 참가하기엔 일렀다.

HBS Sports는 경험치를 많이 쌓지 못했고 K-POP TV 같은 경우 「시크릿 싱어」가 있지만 얼마나 많은 명성을 쌓을 수 있을지 모호하다.

EBS PLUS 1 같은 경우 명성과는 조금 거리가 있다.

결국 남는 건 새로 얻은 채널인 TBC다.

TBC의 간판 예능 프로그램 중 하나인 「트루 라이즈」

며칠 뒤 「트루 라이즈」의 일반인 면접이 있다.

만약 「트루 라이즈」에 출연한 다음 끝까지 생존해서 우승을 차지하게 된다면?

적지 않은 명성을 얻을 수 있지 않을까?

실제로 「트루 라이즈」 시즌 1부터 시즌 3까지, 각 시즌에 출연했던 일반인들은 이미 셀레브리티가 돼서 지금도 적잖게 회자되고 있다.

개중에는 연예인이 된 일반인도 찾아볼 수 있을 정도다.

「트루 라이즈」는 TBC 간판 예능답게 케이블인데도 불구하고 꽤 높은 시청률을 매 시즌마다 기록 중이었다.

일반인을 섭외하는 지금도 시작하기 전부터 사람들 입에 오르락내리락하고 있었다.

만약 자신이 「트루 라이즈」에 출연하고 우승을 차지한다면 특권을 얻을 만큼 명성을 쌓는 게 가능하지 않을까?

그러고 보니 그때 문득 떠오르는 궁금증이 있었다.

'만약 내가 텔레비전에 나오는 내 모습을 보면 어떻게 될까?'

「트루 라이즈」에 출연할 수도 있다는 생각을 하게 되자 불현듯 갑작스럽게 떠오른 궁금증이었다.

지금 당장 알아낼 방법은 없었다.

현재 이 텔레비전으로 볼 수 있는 채널의 수는 다섯 개로 한정되어 있으니까.

「트루 라이즈」출연이 확정되고 촬영을 한 뒤 그 촬영이 첫 방송을 탄 이후라야 확인할 수 있을 텐데 그러려면 못해도 5개월에서 6개월의 시간이 더 필요했다.

그때까지는 무슨 일이 생길지 아직은 알 수 없는 일이었다.

다음 날 아침 한수는 어젯밤 있었던 버스킹 때문에 홍역을 치르고 있었다.

가장 난리가 난 곳은 한국대학교 경영학부 길벗반 단톡방이었다.

같은 길벗반 동기들은 물론, 조용하던 고학번 선배들까지 손가락에 모터를 단 것처럼 빠르게 채팅을 치고 있었다.

우수수 올라가는 단톡방 때문에 메시지도 제대로 확인하기 어려웠다.

─야! 너는 버스킹을 할 거면 미리 말이라도 해야지!

─어떻게 서윤이하고 단둘이 갈 수 있냐? 어?

─그러게요. 한수 형, 우리 그날 말도 놓고 그랬잖아요. 귀띔이라도 해주지.

─다들 한수 오빠 좀 그만 괴롭혀요!

─야. 이서윤! 너도 할 말 없거든? 어디서 감히 우리 한수를 독점하려고.

─독점이라뇨! 그냥 저는 신입생을 아끼는 차원에서.

─됐고. 한수야, 윤환 오빠 사인은 넉넉히 챙겨왔지?

시끌벅적한 단톡방을 보며 한수는 웃음을 그렸다.

그때 연거푸 휴대폰이 울렸다.

이번에는 전화였다.

또다시 거절하려고 할 때 액정에 뜬 이름을 보고 한수가 전화를 받았다.

"네, 이영민 기자님. 저 강한수 맞아요."

─어쩜 통화하기가 그렇게 힘들어요? 계속 통화 중이라고 뜨더라고요.

"그게 이곳저곳에서 계속 전화가 걸려 오고 있어서요. 기자님도 어젯밤 일 때문에 전화하신 거죠?"

─맞아요. 그럴 거 같긴 했어요. 우리나라 네티즌들 정말 대단하죠?

그 말에 한수가 혀를 내둘렀다.

실시간 검색어 4위까지 올랐던 「홍대 버스킹남」의 정체를 밝힌 건 다름 아닌 네티즌들이었다.

그들은 유튜브에 올라온 영상, 그리고 캡처 사진으로 추적에 추적을 거듭했고 기어코 홍대 버스킹남이 한수라는 걸 밝혀냈다.

그 이후 한수는 수학능력시험 만점부터 시작해서 별의별 개인정보들이 고스란히 노출되고 있었다.

군대에서는 그가 어땠는지 잇따라 고발하는 사람도 있었다.

개중 누구는 한수가 전역 전까지 최대한 머리카락을 기르다가 연대장한테 걸려서 3밀리로 밀고 제대했다는 썰을 풀기도 했다.

-저도 그 썰 재미있게 봤어요. 그런 일화가 있었으면 진즉에 이야기해 주지 그랬어요. 단독 인터뷰 기사에 넣었으면 재밌었을 텐데.

"말도 마세요. 그보다 이번 일은 제가 딱히 할 말이 없어서요."

-그래도 최근 유명세를 치르고 있으신데 기분이 어떠신가요?

"문제가 있다고 생각하죠. 공인도 아닌 평범한 개인의 사생활이 고스란히 노출되어 버린 거잖아요. 어째서 연예인하고 공개 연애하는 사람들이 스트레스를 받는지 이제야 알 것 같습니다."

-그거 기사에 실어도 돼요?

"예, 실어주세요. 그래야 더 많은 사람이 경각심을 가질 것 같거든요."

-고마워요.

전화가 끊기고 한수는 한숨을 내쉬었다.

이렇게 사람들 이야기에 오르내릴수록 그에게는 좋다.

그만큼 더 많은 명성이 쌓일 테고 그러면 더 빨리 특권을 얻을 수 있어서다.

하지만 그와 별개로 개인의 사생활이 송두리째 파헤치는 것만큼은 가만히 두고 볼 수는 없는 일이었다.

나흘이 지났다.

홍대 버스킹 바로 다음 날 500까지 치솟았던 명성은 그것을 기점으로 빠르게 떨어지기 시작했다.

한수는 그 현상을 보며 명성 1,000을 쌓는 일이 결코 쉽지 않다는 걸 깨달았다.

「트루 라이즈」에 출연한다고 해서 명성 1,000을 쌓을 수 있을지 우려스러웠다.

그렇다고 해도 지금은 이 방법이 최선이었다.

한수는 깔끔하게 차려입고 TBC로 향했다. 방송국 로비로 들어선 다음 주변을 두리번거릴 때였다.

벽에 붙여둔 흰 종이가 눈에 들어왔다. 「트루 라이즈」 면접 장소를 분명하게 가리키고 있었다.

그렇게 면접 장소로 걸어갈 때였다.

군데군데 자신을 보고 수군거리는 사람들이 보였다.

한수는 그들의 시선을 모른 척하며 면접 장소 앞에 도착했다.

적지 않은 사람들이 와 있었고 신분증을 검사받고 있었다.

한수도 그들 뒤에 섰다.

이들은 「트루 라이즈」 일반인 1차 면접을 통과한 사람들이다.

인터넷으로 받는 서류 전형.

모두 3천 명이 지원했고 개중에서 삼백 명을 간추렸다.

누군 영화 '300'이냐고 그랬다는데 여기서 또 15분짜리 필기시험으로 10명을 고르고 개중에서 최종 3인을 선발하게 된다.

아직 만만치 않은 과정이 남아 있는 셈이다.

그러는 사이 한수 차례가 되었다.

의자에 앉아 있던 여직원이 한수를 보며 똑같은 질문을 던지려다가 눈을 휘둥그레 떴다.

"혹시 강한수 씨 맞으세요?"

"아, 예. 맞습니다."

"와! 그날 저 버스킹 바로 근처에서 봤어요! 진짜 노래 잘 들었는데…… 트루 라이즈, 면접 보러 오신 거예요?"

"면접 보러 온 거 맞습니다."

"그래도 혹시 모르니까 신분증 좀 보여 주실 수 있을까요?"

한수는 덤덤한 얼굴로 미리 꺼내둔 신분증을 내밀었다.

꼼꼼히 신분증을 확인한 뒤 여직원은 서류철 맨 앞에 있는 강한수 이름 옆에 동그라미를 표시한 뒤 다시 신분증을 건넸다.

"꼭 최종 3인 안에 드시길 바랄게요! 이제 면접장 안에 들어가시면 돼요."

"감사합니다."

한수는 고개를 꾸벅 숙여 보인 뒤 대강당 안으로 들어섰다.

그 안에는 이미 이백여 명이 넘는 사람들이 바글거리고 있었다.

각자 의자에 앉아 있었는데 간이용 탁자 위에는 검은색 사인펜이 하나씩 놓여 있었다.

한수도 비어 있는 자리에 앉았다.

역시 대강당 안에서도 그를 보고 수군거리는 소리가 적지 않았다.

"저 죄송한데…… 사인 한 장만 해주실 수 있어요?"

심지어는 한수에게 다가와서 종이를 내미는 여자도 있었다.

그러는 동안 한수 주변 자리도 사람들로 차기 시작했다. 앞뒤 좌우, 전부 다 여자인 게 조금 특이하다면 특이한 일이었다.

그렇게 비어 있는 자리가 거의 다 들어찼을 때였다.

한수 옆자리에 앉아 있던 젊은 여자가 말을 건넸다.

"저기요."

한수가 고개를 돌렸다. 화장이 짙은, 그래도 예쁘장한 여자가 자신을 바라보고 있었다.

"이따가 점심 같이 드실래요?"

"네?"

"이거 필기시험 끝나고 성적 나올 때까지 조금 기다려야 하거든요. 지난번 시즌 3 때도 한 번 보러 와서 알아요. 그래서 말인데 같이 밥이나 먹어요."

한수가 어색하게 웃었다.

"면접이 얼마나 걸릴지는 모르겠지만 제가 많이 바빠서요. 죄송합니다."

"그래도……."

그때였다.

오전 11시 30분이 됨과 동시에 딱 시간에 맞춰 문이 닫혔다.

성큼성큼―

단상 위로 여성 감독관이 올라왔다.

그녀는 까만색 뿔테안경을 만지작거리며 자리에 앉아 있는 참가자들을 둘러보더니 나지막한 목소리로 말을 꺼냈다.

"여기엔 인터넷 서류 심사로 1차를 통과하신 분도 있을 테고 감독님이나 작가님이 직접 섭외해서 면접을 보러 오신 분들도 있을 겁니다."

웅성거림이 조금 커졌다.

"그러나 오늘 지금부터 여러분은 모두 동등합니다. 이제 여러분은 15분 동안 문제를 풀어야 합니다. 그리고 채점이 끝난 뒤 개중에서 상위 열 분만 면접을 볼 수 있게 될 겁니다. 그러니까 다들 신중하게 문제를 풀어주시길 바랍니다."

잠시 숨을 고른 여성 감독관이 재차 말을 이었다.

"문제를 다 푼 참가자들은 손을 들어주시면 됩니다. 그럼 감독관이 문제지를 회수해 갈 겁니다. 얼마나 많은 문제를 맞히는지도 중요하지만 얼마나 빨리 푸는지도 중요합니다. 명심해 주시길 바라며 그럼 문제지를 나눠드리겠습니다."

그녀의 말이 끝난 뒤 곁에 서 있던 다른 감독관들이 문제지를 나눠주기 시작했다.

한수도 문제지를 받았다.

갑자기 몇 달 전 수학능력시험을 풀었을 때가 생각났다.

긴장감이 이곳 가득 팽배해져 있었다.

모든 사람에게 문제지가 골고루 배분된 그 순간 여성 감독관이 소리쳤다.

"그럼, 시작하세요."

한수도 시험지를 펼쳤다.

문제는 모두 네 개였다.

창의성과 순발력, 뛰어난 사고회전력 등을 요구하는 문제들이었다.

개중에서 한수가 첫 번째 문제를 확인했다.

1. 비어 있는 네모 칸 안에 들어가야 할 숫자를 맞추시오.

4 4 7 3 5 □ 9 9

2 6 6 9 2 5 0 1

CHAPTER 4

문제의 난이도는 뒤로 갈수록 어려웠다.

특히 4번째 문제가 가장 까다로웠다.

그러나 한수는 나흘 내내 TBC 방송만 틀어놓은 채 「트루라이즈」 재방송만 계속해서 봤다.

그리고 피로도를 전부 다 쓰면 비슷한 유형의 문제들을 찾아보곤 했다.

여기 모인 사람들도 그 정도 노력은 기울였겠지만, 한수에게는 남들에겐 없는 특별한 능력이 있었다.

그는 첫 번째 문제를 빠르게 풀어낸 다음 남은 문제도 차근차근 풀기 시작했다.

그렇게 네 문제를 모두 풀었을 때였다.

아직 시간은 5분밖에 지나지 않은 상태였다.

한수가 번쩍 손을 들었다.

그리고 고개를 돌렸을 때였다.

자신처럼 손을 든 사람이 한 명 더 있었다.

맨 앞줄에 앉아 있었는데 차가운 인상 때문에 얼굴에 손이라도 댔다가는 그대로 베이거나 얼어붙을 것만 같았다.

그때 그녀와 눈이 마주쳤다.

한수를 본 그녀가 눈살을 찌푸렸다.

그러는 사이 감독관이 문제지를 걷어갔다.

"두 분은 밖에서 자유롭게 기다리시면 됩니다. 면접 볼 때 연락이 갈 테니까요."

한수가 자리에서 일어났다.

아까 같이 점심을 먹자고 한 여자는 여전히 복잡한 얼굴로 문제를 풀고 있었다.

그렇게 대강당에서 나왔을 때였다.

한수와 거의 비슷한 시간에 손을 든 그 여자가 한수에게로 거침없이 걸어왔다.

"문제 다 풀었어요?"

"예, 그런데 왜요?"

"됐어요. 저도 다 풀었으니까요."

"네?"

한수가 얼떨떨한 얼굴로 그녀를 쳐다봤다.

자신은 묻지도 않은 질문이었다.

"강한수 씨 맞죠? 아마 최종 면접에서 보게 될 거 같은데 기대할게요."

한수가 뭐라고 대답하기도 전에 그녀는 바쁘게 자기 갈 길을 가기 시작했다.

"도대체 뭘 기대한다는 건지."

혼잣말로 중얼거리던 한수는 TBC 인근에 있는 카페로 향했다.

아메리카노 한잔을 시킨 뒤 유유자적하게 앉아 있을 때였다.

얼마 지나지 않아 연락이 왔다.

그새 채점이 끝난 모양이었다.

─삼십 분 안에 소회의실로 와주세요.

"소회의실요?"

─대강당 앞에 안내해 주는 사람이 있을 거예요. 그 사람이 설명해 주는 대로 오면 돼요.

전화가 끊기고 한수는 카페를 나왔다.

하나둘 TBC를 떠나고 있는 일반인 참가자들이 보였다.

반면에 다시 TBC로 들어가고 있는 사람도 볼 수 있었다.

그렇게 한수가 소회의실에 도착했을 때 그 앞에는 아홉 명의 일반인 참가자들이 자리하고 있었다.

그 자리에 한수가 나타나자 다들 경계하는 기색이 역력했다.

"다들 모이셨나요? 그럼 지금부터 개별 면접 시작할게요. 이름을 부르는 대로 들어가시면 돼요."

아까 전 여성 감독관이 차례차례 이름을 부르기 시작했다.

개별 면접은 대략 5분 정도 소요됐고 이곳에 도착한 순서대로 들어가고 있었다.

한수의 차례는 가장 마지막이었다.

그리고 한수에 앞서 아까 전 한수와 동시에 필기시험을 5분만에 끝냈던 여자가 들어갔다.

그녀 이름은 김민지였다.

그녀도 인터뷰를 끝내고 나왔을 때 한수 차례가 되었다.

한수는 소회의실 안으로 들어갔다.

그 안에는 세 명이 앉아 있었다.

남자 둘, 여자 하나.

가운데 앉아 있는 남자는 낯이 익었다.

그는 「트루 라이즈」 연출을 맡고 있는 장석훈 PD였다.

그러나 그의 표정은 썩 밝아 보이지 않았다.

그가 탐탁지 않은 목소리로 말했다.

"요즘 인터넷에서 화제인 분이 오셨군요."

하지만 저번과 달리 그의 목소리는 호의적이지 않았다.

한수는 호의적이지 않은 장석훈 PD를 보며 눈매를 좁혔다.

하지만 상대는 「트루 라이즈」 연출을 맡고 있는 사람이다. 그의 눈에 들지 못하면 방송 출연은 사실상 물 건너간다고 봐야 한다.

문제는 장 PD가 왜 자신을 꺼리는지 납득이 가질 않는다는 것이었다.

그 날 전화 통화 이후로 한 번도 사사롭게 연락해 본 적이 없었기 때문이다.

"일단 자리에 앉아요."

장 PD 말에 한수는 의자에 앉았다.

가만히 한수를 쳐다보던 장 PD가 불쑥 물었다.

"강한수 씨, 꿈이 연예인이에요?"

"생각해 본 적은 있지만, 구체적으로 고려해 본 적은 없습니다."

"계약한 소속사가 있어요? 아니면 뭐 반짝 스타 되고 싶은 거예요?"

"그런 거 전혀 아닙니다. 당분간 학업에 집중할 생각입니다."

한수 대답에 장 PD가 언짢은 얼굴로 물었다.

"그럼 도대체 버스킹은 왜 한 겁니까?"

"예?"

한수가 당혹스러운 얼굴로 장 PD를 쳐다봤다.

그러자 그가 인상을 구기며 혼잣말로 중얼거렸다.

"하여간 이 기자 설레발은 알아줘야 돼. 신선한 얼굴은 개뿔."

뿔난 얼굴을 한 채 투덜거리던 장 PD는 그대로 면접장을 빠져나가 버렸다.

졸지에 면접관이 두 명 남은 상황.

한수가 어처구니없는 얼굴로 장 PD가 나간 곳을 쳐다볼 때였다. 옆에 앉아 있던 남 작가가 머뭇거리다가 당혹스러운 목소리로 말했다.

"미안합니다. 많이 당황하셨죠. 피디님께서 화가 조금 나신 상태라…… 원래 저런 분이 아닌데…… 죄송합니다."

"아니, 버스킹이 뭐가 대수라고 저러시는 거죠?"

갑작스러운 상황에 한수 역시 기분이 좋을 리 없었다.

"휴, 그게 피디님께서는 이번 시즌 4에서 신선한 얼굴을 뽑고자 하셨어요. 시즌 1 우승자인 이인호 씨처럼요."

여작가가 계속 말을 이었다.

"가수, 배우, 개그맨은 친숙하지만, 프로게이머는 신선하니까요. 그래서 연예계랑 거리가 먼 일반인이면서 역대급 불수능에서 유일하게 만점을 받은 한수 씨가 역경을 헤쳐 나가는 모습을 그리고 싶어 하셨어요. 그런데……."

"예, 무슨 뜻인지 알 것 같습니다."

한수는 여작가 말에 시즌 1의 우승자 이인호를 기억해냈다.

전직 프로 게이머인 이인호는 일반인이라고 하기엔 인지도가 어느 정도 있었다.

하지만, 마니아층이 아닌, 대중에게 알려지게 된 건 처음으로 출연한 「트루 라이즈」에서였다.

그도 시즌 1 때 이인호를 응원했었고 그가 우승을 차지했을 때 본인의 일처럼 기뻐했었다.

여작가가 한숨을 살짝 내쉬며 말했다.

"정말 이인호 씨는 이 프로그램의 일등 공신이나 다름없었죠."

처음에만 해도 소수의 e스포츠 팬들만 그를 응원했다.

하지만 곧 그가 고군분투하며 게임에서 이기고 데스매치까지 가도 불사조처럼 살아나는 모습을 보며 시청자들이 그에게 매료됐다.

그렇게 시청자들이 하나둘 그를 응원하기 시작했고 급기야 그가 우승했을 때 시청자들은 자신이 우승한 것처럼 기뻐했었다.

그의 성장과 맞물려 「트루 라이즈」 시즌 1도 시청률이 폭발적으로 치솟았고 이후 시즌 2부터 시즌 3까지 연예인들이 줄줄이 나오고 싶어 하는 예능 프로그램이 되었다.

하지만 시즌 2부터는 시청률이 조금씩 떨어지기 시작했다.

시즌 1 때 이인호처럼 시청자를 자신의 편으로 만든 신선한 얼굴이 줄어들기도 했지만 대부분 게임을 하기보다는 몸을 사리면서 편 가르기만 했기 때문이다.

남 작가가 한수를 보며 말했다.

"처음 피디님께서 이영민 기자님한테 강한수 씨를 추천받았을 때만 해도 엄청 좋아하셨어요. 제2의 이인호가 될 만큼 훌륭한 적임자라고 평가하셨거든요. 실제로 저희도 그렇게 생각했고요."

"그런데 문제는 이번에 강한수 씨가 버스킹을 한 거예요."

"그게 왜 문제가 되죠?"

"몇몇 기레기나 악플러들이 우리 제작진이 일부러 노이즈 마케팅을 했다고 험담하기 시작하면 골치 아파지니까요."

"그러다가 한 번 잘못 걸리면 시즌 끝날 때까지 꼬리표 달릴 게 뻔하고요."

실제로 시즌 3이 끝나고 한동안 쉬었던 건 시즌 3 참가자 중 한 명이 마약 사건에 연루되었기 때문이다.

문제는 인터넷 글이나 기사에 그 참가자의 이름이 나올 때마다 제목에 '트루 라이즈 시즌 3의 참가자'라고 달렸고, 그러다 보니 장 PD는 구설수에 오르는 걸 민감하게 여긴다는 게 두 작가의 이야기였다.

"그럼 애초에 면접을 오라 하지 않았으면 되는 일 아닙니까?"

"그건 저희 의견이었어요. 버스킹만 빼면 진짜 최적의 조건을 갖추셨잖아요. 넉 달 공부한 거로 한국대학교 경영학부에 입학하셨고 이번에 필기시험도 만점 받으셨고요. 그래서 저흰 한수 씨를 꼭 일반인 참가자 중 한 명으로 선발하고 싶은데 피디님이 워낙 강경하셔서…… 일단은 계속 설득 중이에요."

한수가 눈살을 찌푸렸다.

일이 꼬여버렸다. 어찌 됐든 자신은 일부러 채널 확보권 1개를 소모해서 TBC 채널을 확보했다.

그리고 적지 않은 피로도를 사용했고 트루 라이즈 시즌 1부터 시즌 3까지 머릿속에 꾹꾹 눌러 담았다.

이왕 출연한 거 우승까지 해볼 욕심이었고 그렇게 명성을 쌓아 특권을 얻기 위함이었다.

그러나 장 PD, 그의 괜한 걱정 때문에 트루 라이즈에 출연할 기회가 물거품이 되어버릴 수도 있었다.

짜증이 날 수밖에 없었다.

그래도 기왕이면 TBC 채널을 확보해 둔 만큼 다른 예능 프로그램에 출연하는 한이 있더라도 투자한 만큼 이익을 거둬야 했다.

그 이후 두 작가가 한수에게 이것저것을 물어봤지만, 한수 마음은 이미 반쯤 떠난 상태였다.

촬영 일정은 매주 금요일인데 촬영이 가능한지, 만약 출연하게 된다면 촬영에 임하는 각오는 어떻게 되는지, 그밖에 자랑할 만한 특기가 있는지 등등.

이런저런 질문이 오고 간 뒤에야 면접이 끝났다.

"정말 죄송해요. 그래도 저희가 최대한 피디님을 설득해 볼게요."

한수가 퉁명스러운 목소리로 물었다.

"발표는 언제 나죠?"

"늦어도 보름 안에는 연락이 갈 겁니다."

"수고하셨어요. 이만 가도 되죠?"

"예, 고생하셨습니다."

한수는 고개를 꾸벅 숙여 보인 뒤 면접장을 나왔다.

그리고 그는 곧장 집으로 가는 대신 TBC 안을 둘러보기 시작했다.

엔터테인먼트 채널답게 TBC 방송국 안에는 「트루 라이즈」뿐만 아니라 다른 예능 프로그램도 적잖게 있었다.

문제는 이들 프로그램 대부분이 일반인인 자신은 출연할 방법이 요원하다는 데 있었다.

한수는 TBC를 나와서 집으로 돌아오는 도중에 생각을 정리했다.

정 안 되면 유튜브나 파프리카 TV 등 시청자와 마주할 수 있는 공간은 많았다.

실제로 유명한 파프리카 TV의 BJ는 매달 억 단위로 돈을 번다. 개중에는 좋지 않은 일로 지상파에 나온 BJ도 있었다.

그러나 그렇게 하는 게 명성을 쌓는 데 있어서 도움이 되느냐 여부는 별개였다.

지난 나흘 동안 명성이 어떻게 쌓이는지 확인했는데 실시간 검색어 4위까지 올랐을 때 500까지 치솟았던 명성은 시간이 갈수록 떨어지고 있었다.

그렇지만 그 하락 폭은 상대적으로 적었다.

유튜브나 각종 웹사이트에서 한수가 윤환과 함께 노래 부른 영상이 사람들에게 알려지고 있어서 그런 듯했다.

그것만 놓고 보면 최대한 많은 사람한테서 인지도를 쌓는 것.

그것이야말로 명성을 쌓기에 가장 좋은 방법이었고 가장 좋은 건 역시 텔레비전, 이왕이면 지상파 채널에 출연하는 게 최고일 터였다.

한편, 한수가 면접장을 나간 뒤 얼마 지나지 않아 장 PD가 들어왔다.

그가 두 작가를 보며 물었다.

"걔는 갔어?"

"예, 조금 전에요. 그런데 피디님, 진짜 안 뽑으실 거예요?"

"어. 왜? 내가 걜 뽑아야 할 이유가 있어?"

여작가가 대답했다.

"저는 뽑아야 한다고 생각해요. 김민지 씨 빼면 한수 씨가 가장 제격이에요. 둘만 필기 만점인 데다가 충분히 시청자들, 특히 여성 시청자한테 먹힐 거라고 생각하거든요."

"흠, 그럴 수도 있겠지. 문제는 구설수에 오를 게 뻔한데 그 페널티를 감수하고서 뽑아야 할 만큼 메리트가 있냐는 거야."

장 PD의 소가죽보다 더 두꺼운 고집을 아는 두 사람이다.

여작가가 한발 물러났다.

"알겠어요. 일단 보류해 두는 걸로 하죠. 정 괜찮은 참가자가 없으면 그때 뽑아도 늦진 않잖아요."

고민하던 장 PD가 고개를 끄덕였다.

보류해 두겠다는 것까지 반대할 순 없었다.

"반응은 어때?"

"이미 몇몇 기자들이 괜찮은 떡밥 없냐고 물어오고 있어요. 연예인들 사이에도 입소문이 퍼져서 반응도 나쁘지 않고요. 오랜만에 제작 들어가는 거니까요."

"일단 최우선 순위부터 섭외 시작하고. 2주 정도 합숙할 거니까 합숙할 장소도 체크해 두고. 전문가들은 어때?"

"나쁘지 않아요. 세 분 중에서 두 분은 긍정적이고 한 분이 조금 모호한데 정 안 되면 다른 분으로 가려고요."

"좋아. 기대가 큰 만큼 망하면 실망도 큰 법이니까 집중해서 하자고."

"예."

장 PD는 다시 한번 전체 회의를 열어야겠다고 생각하다가 최종적으로 뽑힌 열 명의 참가자 사진을 다시 한번 둘러봤다.

그러다가 그는 한수 사진에 이르러서는 눈살을 찌푸리며 사진을 거꾸로 뒤집었다.

면접이 끝난 뒤 한수는 곧장 집으로 돌아왔다.

오늘도 피로도를 제대로 써먹지 못했다.

하루에 주어지는 피로도는 딱 8이다.

예전에만 해도 피로도를 다 쓰고 남는 시간이 걱정이어서 더 많은 피로도가 주어지길 바랐다면 요즘은 피로도를 쓸 시간이 없어서 걱정이었다.

그렇다 보니 그에 관한 해결책이 생기길 바랐는데 하필이면 명성 1,000이라니.

그래도 이곳저곳에서 그의 버스킹 영상이 꾸준히 회자되고 있는 덕분에 명성 수치는 300 내외로 유지되는 중이었다.

집에 들어오자마자 엄마가 한수를 반겼다.

"면접은 잘 보고 왔어?"

"글쎄요. 피디가 저를 탐탁지 않아 하더라고요."

"응? 피디님이 왜?"

"버스킹 때문에요. 그날 실검까지 올라갔더니 얼굴 많이 팔렸다고 썩 내키지 않으신가 봐요."

"그래서 출연은 어려울 거 같아?"

"예. 뭐, 딱히 기대는 안 하려고요."

"발표는 언제 나는데?"

"보름 뒤요."

"밥은 먹었어?"

"대충 챙겨 먹었어요. 저 방에서 좀 쉴게요."

"그래, 그러렴."

방에 들어온 뒤 한수는 옷부터 갈아입기 시작했다.

면접에서 잘 보이려고 정장으로 빼입고 갔다 왔는데 대놓고 면박을 당했다.

기분이 께름칙했다.

그러나 한편으로는 명성을 쌓을 기회를 놓치게 될 것 같아 아쉬웠다.

TBC는 애청자가 제법 많은 채널인 데다가 「트루 라이즈」도코어 팬, 그러니까 충성도 높은 시청자가 적지 않기 때문이다.

그렇지만 이미 떠나간 버스에 미련 둘 생각은 없었다.

어차피 자신에게는 엄청난 능력이 있다.

이 능력을 바탕으로 다른 길을 찾아보면 그만이었다.

그러나 막상 어떤 식으로 명성을 쌓을지 고민하고 있을 때였다.

전화가 울렸다.

이영민 기자였다.

한수가 전화를 받았다.

"예, 기자님. 저예요."

—아, 한수 씨. 통화 가능하세요?

"예, 말씀하세요."

—이야기 들었어요. 장 피디님이 원래 그런 분이 아닌데……어휴, 죄송해요. 제가 괜한 말을 했었나 봐요.

"이영민 기자님 잘못이 아닌걸요. 그거 때문에 전화하신 거예요?"

—예, 트루 라이즈에 출연하고 싶으시다면 제가 장 피디님한테 한번 다시 연락드려 볼까요?

"굳이 그럴 필요가 있나요? 저 싫다는 사람 바짓가랑이 붙잡으면서 매달리고 싶진 않습니다. 아, 잘됐네요. 이영민 기자님한테 물어보면 될 걸 괜한 고민을 했네요."

―예? 물어보실 일이 있으세요?

한수가 미소를 지으며 물었다.

"지상파든 종편이든 어떤 채널이든 상관 없어요. 일반인 시청자 구하는 방송 없을까요? 기왕이면 최대한 빨리 촬영하는 걸로요."

―음, 가만히 있어 보자. 잠시만요.

"예, 기다리고 있을게요."

얼마나 지났을까.

이영민 기자가 조심스럽게 물었다.

―한수 씨, 방송 출연이 목적이신 건가요?

"예."

―특별한 이유라도 있으신 건가요?

원래 목적은 명성을 쌓아서 특권을 얻는 것이다.

그러나 그걸 곧이곧대로 이야기할 수는 없었다.

한수가 돌려 말했다.

"장 피디라는 분한테 한번 본때를 보여 주고 싶어서요. 제가 나온 방송이 시청률 잘 나오면 속 쓰려 할 테니까요."

―음, 그러려면 패널 역할 말고 비중이 좀 있어야 한다는 건데……

잠시 머뭇거리던 이영민 기자가 한수를 보며 물었다.

―혹시 리얼리티 프로그램인데 가능하세요?

"어떤 프로그램인데요?"

-자급자족 in 정글이라고. 올해 7월에 특집이 잡혀 있는데 대학생 섭외해서 함께 찍는 거네요. 지금 한창 섭외 중이에요. 어떠세요?

「자급자족 in 정글」. 「트루 라이즈」와 달리 지상파인 IBC에서 방송 중인 프로그램으로 화제성도 훨씬 높다.

촬영 일자가 7월인 게 아쉽지만, 여름방학을 고려했을 테니 어쩔 수 없다.

1학기 때 피로도를 챙기지 못하는 건 어쩔 수 없겠지만 2학기부터는 이제 스마트폰으로도 경험치를 쌓는 게 가능해질 터.

한수가 환한 목소리로 대꾸했다.

"좋네요. 저도 신청 가능할까요?"

-물론이죠. 대학생이면 누구나 다 가능해요. 그런데 진짜 출연하시려고요? 이거 말 그대로 정글에서 의식주 모두 해결해야 하는 프로그램이에요. 뭐 VJ하고 작가까지 다 붙긴 하겠지만, 엄청 고생한다고 말 많아요.

"문제없어요."

한수가 당당한 어조로 대답하며 전화를 끊었다.

그가 자신만만한 이유는 따로 있었다.

한수는 KV의 채널 편성표를 확인했다.

177번 Discovery 채널.

그리고 이 채널에는 그가 즐겨보던 방송이 있다.

영국 특전사 출신의 주인공이 세계 곳곳의 위험 지역에 버려진 뒤 탈출하는 걸 그린 방송이다.

한수는 입가에 미소를 그렸다.

이거면 충분했다.

그렇다고 모든 게 착착 해결된 건 아니었다.

「자급자족 in 정글」에 지원서를 낼 생각이지만 붙을지 붙지 못할지는 지켜봐야 했다. 무조건 붙는다는 보장은 없었다.

그래서일까?

생각할수록 「트루 라이즈」 때문에 써먹은 채널권과 피로도가 아까웠다. 다음부터는 더욱더 신중하게 써먹어야겠다고 생각하는 계기가 되었다.

그뿐만이 아니었다. 또 다른 문제도 있었다.

「자급자족 in 정글」을 위해 필요한 채널, 177번 「Discovery」는 다큐멘터리 영역에 속해 있었다.

현재 한수가 확보한 영역은 최하위 카테고리에 속해 있는 네 가지, 「교육」, 「음악」, 「스포츠」 그리고 「레저」와 한 단계 더 상위 카테고리에 속해 있는 영역 가운데 하나인 「오락」이었다.

그러나 「다큐멘터리」는 이보다 한 단계 높은 영역에 속해 있다.

상위 카테고리에 속해 있는 채널을 얻으려면 하위 카테고리에 있는 채널을 전부 다 확보해야 하는데 즉, 「경제」, 「유아」, 「애니메이션」 세 가지 채널을 모두 다 얻어야 한다는 의미다.

반면에 한수가 가진 채널 확보권은 더 이상 없었다.

HBS Sports는 승급 심사 조건을 얻었고 조기축구에서 한 골만 넣으면 된다지만 그거 하나로는 턱도 없는 상황이다.

결국, 또 다른 퀘스트를 해결해서 채널을 얻어야 한다는 결론에 이른다.

그것도 한 개가 아닌 최소 3개 이상의 퀘스트가 필요했다.

골치 아픈 상황이다.

결과적으로 이 모든 건 자신을 고깝게 여긴 「트루 라이즈」의 장 PD 때문이었다.

"아니, 버스킹 한번 했다고 신선도가 떨어져? 말이 되는 소리를 해야지. 노이즈 마케팅은 개뿔."

그가 말을 번지르르하게 늘어놓았지만, 한수는 그의 본심이 다른 데 있다는 생각이 강하게 들었다.

어쨌든 최대한 빨리 피로도를 써서 채널을 확보해야 했다.

안 그랬다가는 정글에 낙오돼서 꼼짝없이 굶어 죽을지도 모를 일이었다.

'베어 그릴스 형, 형이 필요해요.'

다음 날 한수는 일단 「자급자족 in 정글」 홈페이지에 들어갔다. 이영민 기자 말대로 대학생 참가자를 섭외 중에 있었다.

그런데 조건이 있었다.

모집 인원은 남자 1명, 여자 3명이었다. 또한, 대학교 신입생이어야 했고 또 나이가 25살을 넘으면 안 됐다.

그것 외에 어학 능력도 필요로 했고 어느 정도 서바이벌 상식을 갖출 것을 필요로 했다. 그뿐만 아니라 여권도 필요했으며 외국에 나가서 촬영하는 만큼 건강해야 했다.

'이건 무슨……'

만약 이게 방송국 홈페이지에 올라와 있지 않고 무슨 중고나라 같은 곳에 올라와 있었다면 인신매매를 의심했을지도 몰랐을 터였다.

신체 건강하고 용모 단정하며 학벌이 좋을 것을 요구하고 있었으니까.

찝찝한 생각을 뒤로하고 한수는 수능 볼 때 찍었던 여권 사진을 동봉해서 지원서를 제출했다.

만약 서류 심사에 통과한다면 무조건 방송에 출연할 생각이었다.

그걸 위해서 한수는 각종 어학 능력도 모두 우수하다고 표기해 둔 상태였다.

실제로 한수는 EBS PLUS 1 채널을 통해 중국어, 아랍어,

스페인어, 프랑스어 등 각양각색의 언어를 습득했었다.

한수가 표기한 어학 능력은 모두 최우수, 그야말로 퍼펙트한 지원서였다.

그렇게 지원서를 낸 다음 피로도를 써먹으려 할 때였다.

전화가 울렸다.

상대방은 윤환이었다.

"형, 어쩐 일이세요?"

―야. 너 어제 TBC 갔었다며?

소문이 퍼지는 건 장난 아니게 빠르다더니.

한수가 씁쓸한 목소리로 대꾸했다.

"네, 벌써 거기까지 소문났어요?"

―「트루 라이즈」 때문에 간 거야? 인마, 그럴 거면 미리 연락했어야지.

"예? 왜요?"

―아침부터 털북숭…… 아니, 3팀. 장. 님. 이 얼마나 나를 들들 볶은 줄 알아? 덕분에 숙면 중이다가 깨어나서 내가 지금 제정신이 아니…… 어쨌든 간에 너 진짜「트루 라이즈」면접 보고 온 거야?

"그건 그런데 기대는 안 하고 있어요."

―응? 왜? 너 정도면 충분히 섭외할 만한데?

의아해하는 윤환에게 한수가 투덜거렸다.

"형하고 버스킹한 거 때문에 그렇대요. 그게 무슨 노이즈 마케팅이라나 뭐라나. 솔직히 말이 돼요? 게다가 요즘 노이즈 마케팅은 그냥 깔고 가잖아요."

—흠, 기다려봐. 3팀장님 바꿔줄게.

잠시 뒤 걸걸한 목소리가 들렸다.

3팀장이었다.

—한수 씨, 저예요.

"예, 3팀장님. 안녕하세요."

—하하, 네. 그보다 「트루 라이즈」 출연 안 한 거 잘하신 거예요.

"예? 그게 무슨 말씀이세요?"

3팀장이 이야기를 늘어놓기 시작했다. 그 이야기가 모두 끝났을 때 한수는 고개를 세차게 끄덕일 수밖에 없었다.

3팀장이 목소리를 낮추며 재차 말했다.

—한수 씨는 몰랐겠지만, 장 피디님이 학벌 콤플렉스가 있어요. 한국대학교에 입학하려고 삼수까지 했는데 떨어지고 고신대 갔던 양반이거든요. 그래서 한국대 하면 이를 갈아요. 이제 제가 왜 「트루 라이즈」에 출연 안 한 게 더 낫다고 한 줄 알겠죠?

"그건 생각지도 못했네요. 그런데 제가 알기로 시즌 3 우승자는 한국대학교를 졸업하신 선배님으로 기억하는데요?"

3팀장이 음흉스러운 목소리로 대답했다.

─방송가에서 말이 있었거든요. 장 피디님이 학벌 콤플렉스 있어서 일부러 한국대학교 출신들 죄다 망신주고 떨어뜨리는 거 아니냐고.

"하, 진짜 그럴 줄은 몰랐네요. 근데 그러면 저를 합격시키는 게 맞는 거 아닌가요? 출연시킨 다음 망신주려는 의도였다면요."

─기다려 보세요. 조만간 연락 갈걸요? 아, 그보다 한수 씨 진짜 연예인 될 생각 있으면 꼭 연락 줘요. 언제든 기다리고 있을게요. 한수 씨가 저희 소속사에 오면 전폭적으로 지원해 드릴 수 있습니다. 무조건 약속할게요.

"생각해 볼게요."

한수가 피식 웃으며 대답했다.

겉보기엔 무슨 산적처럼 생겼지만, 생각보다 마음 씀씀이가 있는 게 3팀장이었다. 그리고 다시 윤환이 전화를 받았다.

─다음부터는 미리 말 좀 해줘. 그리고 말이 나와서 말인데 석준이 형, 조금 겉모습이 무시무시하게 생기긴 했지만, 사람은 참 좋거든.

고민하던 한수가 조심스럽게 말했다.

"어, 사실 저 오늘 한 예능 프로그램에 지원서 내긴 했거든요."

윤환이 당혹스러운 목소리로 물었다.

―응? 무슨 프로그램인데?

"「자급자족 in 정글」이라고요. 대학생 새내기로 참가자를 모집 중이더라고요."

―어? 그거 3주년 특집 말하는 거 맞지? 그거 나도 이번에 섭외 들어왔던데? ……잘하면 너하고 정글에서 오붓하게 살아남을 수도 있겠다?

"저는 사양할게요. 이왕이면 예쁜 여배우하고 같이 생존하고 싶네요. 하하."

―쳇, 형이 최고라고 할 땐 언제고. 됐다. 어쨌든 나중에 한번 회사 놀러 와. 팀장님이 네 칭찬을 얼마나 해댔는지 본부장님하고 대표님도 너 보고 싶어 하는 중이야.

"알겠습니다."

전화가 끝난 뒤 한수는 숨을 돌렸다.

그때 문을 두드리곤 엄마가 안에 들어왔다.

"잠깐 이야기 좀 할 수 있니?"

"예, 물론이죠."

"너 내일모레부터 2박 3일 동안 그 새터 갔다 오는 맞지?"

"네, 그거 끝나면 곧 입학이고요."

"우리 아들이 진짜 한국대에 입학하긴 했구나."

"아직도 실감이 안 나세요?"

"너는 실감이 나겠니? 항상 말썽만 부리고 속만 썩이던 녀석이 한국대학교라니……."

한수가 그런 엄마를 보며 조심스럽게 물었다.

"만약 아들이 다 때려치우고 연예인 한다고 하면 어떨 거 같아요?"

"무슨 말도 안 되는 소리니. 한국대학교 졸업하고 좋은 데 취업해야지. 아니면 행정고시 보는 것도 좋고. 요즘은 공무원이 최고야."

확실히 그럴 만했다.

한수도 한때 공무원 시험에 매달린 적이 있었다.

'그러고 보니 민서 누나는 임용됐으려나? 효준이 형도 언제 한번 보긴 해야 하는데.'

옛날 형설관 때 알고 지내던 사람들을 떠올리던 한수는 이내 상념을 접었다.

그로부터 이틀 뒤 어느새 2월도 거의 끝나가고 있었다.

한수는 오전 일곱 시 반, 일찍 집에서 나왔다.

오늘은 새터가 있는 날이었다.

2박 3일 동안 대천에 있는 이스트랜드(Eastland) 리조트에서 진행될 예정이었다.

새터라고 해봤자 신입생 환영회와 별반 차이가 없었는데 동아리안내 및 수강 신청 방법 소개 등을 제외하면 장기자랑,

술 파티 등 기본적인 골조는 똑같았다.

한수도 적당히 술을 마시면서 동아리와 수강 신청 방법만 자세하게 들어 둘 생각이었다.

동아리 같은 경우, 입부를 희망 중인 곳은 있었다.

축구 동아리였다. 조기축구에서 한 골을 넣어야 새로운 채 널을 확보할 수 있는 만큼 기왕이면 축구 동아리에 가입할 생 각을 하고 있었다.

예전에 형설관에 있을 때도 매주 일요일 아침마다 고학번 선배들과 축구를 즐기기도 했고.

모임 장소는 경영대 행정실이었다.

아마 길벗반을 뺀 나머지 반 신입생들도 이번에 죄다 모이 는 만큼 새 얼굴도 볼 수 있을 가능성이 컸다.

그렇게 한수가 행정실 앞에 도착했을 때였다.

적지 않은 신입생들로 행정실 앞이 우글거리고 있었다.

그때 한수가 도착하자 웅성거림이 커졌다.

'그 홍대 버스킹남 맞지?'

'그 수능 만점자?'

'장기자랑 때 노래 부르려나? 어떤 노래 부를지 궁금하다.'

'사실상 장기자랑은 지고 들어가는 싸움이네.'

'키 크고 잘생기고 노래 잘하고. 부럽다.'

'여자 친구는 있을까?'

주변에서 수군거리는 목소리가 한수 귀에 틀어박혔다.

그때 한수가 도착하자 길벗반 동기들이 그를 격하게 반겼다. 서윤이는 보이질 않았다.

"한수 형! 오셨어요?"

"오빠. 이번 장기자랑 때는 무슨 노래 부르실 거예요?"

"글쎄. 굳이 불러야 해?"

"당연하죠. 이것도 엄연히 반 대항전이잖아요!"

"우리 반이 무조건 이겨야죠."

한국대학교 경영학부에 존재하는 네 가지 반.

그러고 보면 이번 새터는 이 네 반이 유일하게 다 함께 만나는 장소이고 또 치열한 반 대항전이기도 했다.

"장기자랑 말고 반 대항전으로 또 하는 게 있어?"

"네, 남자는 풋살하고 여자는 발야구 한대요. 거기에 e스포츠 게임도 한다고 하더라고요. 이기는 반은 소주 두 짝 더 추가로 주고요. 거기에 안주도 순위에 맞게 차등지급이래요. 일등은 치킨하고 피자, 이등은 피자, 삼등은 골뱅이, 꼴등은 강냉이라고 하더라고요."

한수가 그 말에 입술을 깨물었다.

그냥 평범한 장기자랑이면 대충 하고 오려 했지만, 게임당 소주 두 짝이 걸린 내기다.

거기에 안주도 질적으로 어마어마하게 차이가 난다.

반드시 이겨야만 했다.

그리고 대천으로 가는 버스에서 한수는 지원서를 재차 작성했다.

반 대항전으로 열리는 종목은 모두 다섯 가지였다.

1. 장기자랑(공통)

2. e스포츠 : 히어로즈 오브 레전드(공통)

3. 풋살(남자)

4. 발야구(여자)

5. 세상에서 가장 어려운 문제 풀기(공통)

한수는 개중에서 세 가지를 자원했다.

장기자랑, 풋살 그리고 세상에서 가장 어려운 문제 풀기.

e스포츠는? 그건 한수도 차마 지원할 수 없었다.

그가 브론즈였기 때문이다.

그렇게 지원서를 다 걷는 사이 버스가 대천에 도착했다.

리조트 뒤로는 산이 있고 그 앞으로는 바비큐를 굽는 곳과 수영장이, 리조트 안에는 매점, 노래방, 오락실, 당구장 등 각종 편의시설이 즐비하게 갖춰져 있었다.

방 배정이 끝난 뒤 대강당에서 본격적으로 새터가 시작됐다.

첫날은 입소식 이후 안전교육, 새내기 GO라는 자료집 소개, 인권교육 그리고 동아리 홍보가 있었다.

그리고 둘째 날, 반 대항전으로 열리는 첫 번째 게임이 시작됐다.

반별로 신입생 5명이 대표로 나와 치르는 풋살이었다.

그리고 한수도 그 명단에 당당히 포함되어 있었다.

"그런데 한수 형, 풋살 잘할 수 있을까?"

"잘하겠지. 수능에, 노래에, 소문엔 요리도 잘한다던데?"

그때 옆에서 구경 중이던 여자애들이 단체로 비명을 지르며 응원에 활기를 더했다.

"한수 오빠 파이팅!"

"오빠 힘내세요!"

"흐음."

"헛발질이나 해버려라."

"제발 못했으면 좋겠다."

기대와 걱정, 질시 속에 풋살 경기가 시작됐다.

첫 번째 경기는 길벗반 대 백두반이었다.

풋살은 미니 축구 혹은 길거리 축구라고 불린다. 축구하고 대부분의 룰이 같은데 조금 다른 점은 열한 명이 아닌 다섯 명이 한 팀이 되어 뛴다는 것이다.

경기 시간은 전반 20분, 후반 20분.

경기장이 작고 좁은 탓에 슬라이딩 태클 같은 과격한 행위는 허용되지 않는다.

그러므로 섬세한 발기술과 빠른 판단력 등이 더욱더 중요하다. 그런 탓에 풋살은 축구보다 훨씬 더 속도감 넘치게 진행되곤 한다.

한수는 오른쪽 수비수가 되어 풋살 경기장 위에 서 있었다.

경기에 참여하게 될 줄은 몰랐지만, 그래도 한수로서는 잘된 일이었다.

TV를 보는 것만으로도 채널에 대한 경험치가 쌓이지만 직접 몸을 움직이면서 뛰게 되면 경험치가 더 많이 쌓이기 때문이다.

이건 풋살이긴 해도 실제 경기인만큼 더 많은 경험치가 쌓일 게 분명했다.

현재 HBS Sports 채널에 대한 경험치가 45% 가까이 쌓인 상태.

처음에는 풋살이 HBS Sports와 연관성이 있나 하는 의문이 있었지만, 풋살도 축구의 한 종류여서 그런지 경험치에 함께 적용되고 있었다.

실제로 HBS Sports 채널의 경험치가 15% 이상 차오르면서 얻은 능력 「축구 경기를 조율하는 눈」이 적용 중이었다.

「축구 경기를 조율하는 눈」의 효과는 패스를 어디로 해야 할지 경기 템포는 어떻게 가져갈지 그 흐름을 파악할 수 있다는 것이었다.

물론 이 좁고 작은 풋살 경기장에서 그게 얼마나 통할지는 의문이지만 그래도 그간 연습했던 것도 있으니 자신의 실력도 평균을 훌쩍 웃돌긴 할 터였다.

그런 생각을 하다 보니 자신감이 부쩍 차올랐다.

"형!"

그러나 긴장한 탓인지 막상 경기가 시작되자 공을 건네받은 한수는 기초적인 볼 컨트롤에서부터 미스를 범하고 말았다.

기술을 펼쳐볼 겨를도 없었다. 순식간에 달려든 상대편에 공을 빼앗기고 말았다.

"젠장."

백두반 신입생이 교묘하게 공을 빼낸 다음 재빠르게 앞으로 치고 달리기 시작했다.

불행 중 다행으로 녀석의 슈팅은 골대를 벗어났지만, 여전히 위기는 계속되고 있었다.

한수는 부지런히 뛰며 공을 빼내려 했지만, 녀석의 볼 컨트롤은 현란하기 이를 데 없었다.

그 모습을 본 백두반 애들이 환호성을 쏟아냈다.

반면에 길벗반의 분위기는 좋지 못했다.

그때 소문을 듣고 온 몇몇 애들이 인상을 구기며 말했다.

"백두반 쟤네 너무하네."

"왜?"

"방금 한수 형 공 뺏은 애, 중학교 때까지 축구부 하던 애라는데?"

"뭐? 정말? 그 정도면 거의 준프로급 아니냐?"

"우우우우-"

환호와 야유가 쏟아지는 가운데 중학교 때까지 축구부를 했다는 백두반 에이스가 반 박자 빠른 슈팅을 때렸다.

골키퍼가 힘껏 몸을 날렸지만, 공을 막기엔 역부족이었다.

철썩-

골망이 흔들리고 백두반이 선취점을 기록했다.

"길벗반 파이팅!"

"선수 기용한 백두반은 물러나라!"

"오빠 힘내요!"

"파이팅!"

방금까지만 해도 한수를 질시하던 길벗반 애들은 온데간데없이 사라지고 다들 똘똘 뭉쳐 길벗반을 응원하기 시작했다.

그러나 백두반에 비비기엔 역부족이었다.

"후우, 후우."

한수가 거칠게 숨을 토해냈다.

공을 차던 운동장보다 훨씬 더 좁고 작은 크기인데 오늘따라 숨이 벅찼다.

아까 전부터 마킹하던 백두반 에이스 녀석은 기고만장하며 풋살장을 빠르게 누비고 있었다.

'젠장. 이대로는 안 되는데.'

그러는 사이 20분이 지나고 전반전이 끝났다.

스코어는 3 대 0.

백두반이 맹렬하게 앞서나가는 중이었다.

길벗반 주장 김성우가 같은 반 동기들을 다독였다.

"괜찮아. 문제없어. 이 경기 져도 패자부활전이 있으니까 최선을 다하자."

"그래. 그래야지."

"한수 형, 괜찮아요?"

"물론이지. 후반전에 따라붙자."

한수가 눈을 빛냈다.

그리고 후반전이 시작됐다.

후반전이 시작됨과 동시에 길벗반이 패스를 뒤로 돌렸다.

한수가 공을 잡았다.

이건 그가 요구한 플레이기도 했다.

동시에 한수가 풋살장을 파악했다.

축구장보다 더 작은 크기의 풋살장이 한눈에 머릿속으로

그 정보가 전달됐다.

동시에 한수는 골문 쪽으로 쇄도해 들어가고 있는 성우의 움직임을 포착하고는 그대로 패스를 찔러넣었다.

성우는 자신의 머리를 향해 정확히 떨어진 공을 그대로 백두반 골문 안으로 욱여넣었다.

철썩—

이번에는 백두반 골망이 거칠게 흔들렸다.

"와. 미친."

"방금 봤어? 완전 택배 크로스인데?"

길벗반이 드디어 한 골을 만회한 것이다.

백두반이 인상을 구길 때 길벗반의 분위기는 그 어느 때 보다 활활 타오르고 있었다.

특히 한수가 보여준 패스는 예술적이었다.

데이비드 베컴의 전매특허라고 할 수 있는 택배 크로스에 전혀 뒤처지지 않을 정도였다.

한수는 짜릿한 쾌감을 느끼며 눈을 감았다.

[어시스트를 기록하며 경험치가 대폭 쌓입니다.]
[현재 HBS Sports에 대한 경험치는 48% 쌓여 있습니다.]

단 2%.

그러는 사이 어느새 경기도 막바지가 되었다.

길벗반이 한 골을 만회했지만 그게 전부였다.

오히려 백두반 에이스가 연달아 두 골을 몰아 넣으며 해트트릭을 기록했고 사십 분짜리 경기가 끝이 났다.

스코어는 5:1.

길벗반의 완패였다.

경기가 끝난 뒤 한수는 풋살장에서 나와 화장실로 향했다.

아직 완전히 진 건 아니었다.

반등할 기회는 충분히 있었다. 그리고 화장실에 도착한 다음 좌변기에 앉아 어떻게 해야 할지 생각을 정리할 때였다.

바깥에서부터 요란한 소리가 들리더니 안에서 시끌벅적한 소리가 들리기 시작했다.

대충 이야기를 들어 보니 백두반 녀석들이었다.

개중에서 해트트릭을 기록한 녀석의 목소리가 가장 컸다.

"방금 내 해트트릭 봤냐? 이게 바로 내 실력이야."

"그 정도는 해야지, 인마. 안 그러면 중학교 때까지 축구부 한 보람이 없지. 안 그래?"

"아, 근데 그 형 좀 하던데? 난 맨 처음에 여자애들한테 눈도장 찍으려고 나온 줄 알았거든."

"그 강한수 말하는 거지? 홍대에서 버스킹 했다던?"

"어. 맨 처음엔 왜 나온 건가 했다니까? 키만 멀대같이 커서 여자애들한테 잘 보이려고 나온 건 줄 알았는데 의외로 좀 하더라? 특히 그 패스는 진짜 위협적이더라고."

"그래 봤자 뭐해. 팀이 노답인데. 그 형도 솔직히 그거 빼면 시시했어. 번번이 뚫리던데. 크큭."

"야! 너하고 비교하면 어떻게 하냐? 뭐 솔직히 시시하긴 했어. 그건 인정."

"됐고. 다음 상대는 누가 되려나? 한빛? 패기?"

"누구든 뭔 상관이야. 우리가 어차피 찍어누를 텐데."

"아, 길벗반처럼 손쉬운 상대였으면 좋겠다. 그럼 샤워 안 해도 되고 참 좋을 텐데."

웃고 떠들던 백두반 녀석들이 화장실을 빠져나갔지만, 한수의 표정은 잔뜩 일그러진 상태였다.

중학교 때 축구부 활동을 했다고?

그게 뭐 어쨌다는 건가.

자신이 보기엔 별거 아닌 실력이었다.

그런데도 이딴 식으로 모욕감을 느끼게 될 줄은 몰랐다.

한수는 눈을 감았다.

여전히 남아 있는 경험치 2%.

남은 시간 동안 기필코 이 경험치를 쌓아 올릴 생각이었다.

그리고 놈들을 만나게 된다면?

'찍소리도 못 하게 아주 박살을 내주겠어.'

한수는 마음을 단단히 먹었다.

"형, 왜 이렇게 늦게 와요? 큰 거?"

"뭔 소리야. 됐고. 다음 상대는 누구야?"

"한빛반이 올라갈 거 같아요. 저기 저 애 보이세요? 쟤도 되게 잘해요. 축구부에서 좀 뛴 애 같아요."

한빛반에서도 백두반 못지않게 잘하는 애가 있었다.

그러나 한수의 표정은 별반 변화가 없었다.

HBS Sports에서 프리미어리그의 프로 선수들이 뛰는 모습을 수십, 수백 번 봐왔던 게 그다.

고작 국내 중학교 축구부 선수의 테크닉이 눈에 찰 리가 없다.

그렇지만 어설프게 축구를 접한 애들이 보기엔 현란해 보일 게 분명한 일이었다.

결국, 성우의 예상대로 한빛반이 승자전에 진출하게 됐다.

패자부활전에 남은 건 길벗반과 패기반.

한수는 이번 패자부활전에서는 빠지기로 했다. 아까 전 경기에서 풀타임으로 뛴 만큼 패자부활전은 예비 선수들이 뛰기로 했기 때문이다.

그 대신 한수가 향한 곳은 공터였다.

패자부활전과 승자전에 오른 두 팀 간의 경기가 한 시간이 조금 넘게 걸렸다. 그동안 경험치를 올리는 데 주력할 생각이었다.

50%를 쌓는다면 어떤 보상이 주어질지는 아직 모르지만 지금 상황을 타개할 만한 비책을 얻길 바랄 뿐이었다.

공터에 도착한 뒤 눈을 감자, 채널에서 본 프리미어리그 프로 선수들의 현란한 테크닉과 발재간, 몸놀림 등이 머릿속에 그대로 구현되기 시작했다.

동시에 한수는 그들의 모습을 따라 하며 연습에 박차를 가했다.

통통—

굴러다니는 공을 발등으로 리프팅하며 이것저것 개인기를 실험해 보기 시작했다.

어떻게든 2%를 쌓은 뒤 새롭게 보상을 얻을 생각이었다.

한수가 경험치를 쌓기 위해 고군분투하는 사이 경기는 쉴 새 없이 이어지고 있었다.

최종 결승전은 점심 식사 이후 치러질 예정이었기에 그 전까지 남은 경기를 모두 끝내 놓기 위해서였다.

패자부활전에서는 길벗반이 패기반을 꺾고 올라왔다. 그리고 승자전에 오른 두 팀, 한빛반과 백두반의 경기에서는 한빛반이 승리를 거머쥐었다. 한빛반 에이스가 해트트릭을 터뜨리며 활약한 반면, 백두반 에이스는 이렇다 할 활약을 하지 못했다.

이제 패자부활전에서 올라온 길벗반과 승자전에서 떨어진 백두반의 경기가 있는 시간.

한수가 다급하게 풋살장으로 돌아왔을 때는 길벗반과 백두반의 경기가 십여 분 정도 지나 있었다.

까딱 잘못했으면 아예 출전조차 못 할 뻔한 상황이었다.

풋살장에 돌아와서 경기를 살펴보니 백두반 에이스 녀석은 한빛반에 졌다는 수모를 갚겠다는 듯 맹렬하게 공격을 쏟아붓고 있었다.

성우가 뒤늦게 돌아온 한수를 보고는 큰 소리로 외쳤다.

"형! 어디 갔다가 이제 와요! 아니, 그보다 지금 바로 뛸 수 있겠어요?"

한수가 힐끗 스코어 보드를 확인했다.

3:0으로 길벗반이 크게 밀리고 있었다.

"어, 가능하지."

"그럼 지금 바로 들어와 주세요. 저희 교체 좀 할게요!"

한수는 풋살장으로 들어가며 입가에 미소를 그렸다.

"어, 한수 오빠다."

"어디 갔다 이제 오는 거지?"

"형이 한 건 해줬으면 좋겠다."

"패자부활전까지 갔다가 기사회생했는데 여기서 또 저놈들한테 탈락하고 싶진 않다."

백두반에 대한 반감이 쌓여 있는 건 다른 애들도 마찬가지였다.

그렇다 보니 여기서 기적처럼 한수가 뭔가 새로운 모습을 보여 주길 원하고 있었다.

"오빠, 파이팅!"

"한수 형, 하나 보여줘요!"

"형만 믿어요!"

여자보다 남자애들이 더 열띤 응원을 보내기 시작했다.

그 응원 소리에 백두반 에이스가 눈살을 찌푸렸다.

"뭘 보여준다는 건데? 아까 전 패스? 그건 뽀록일 뿐이고."

"신경 꺼. 어차피 우리가 이길 건데. 한빛반, 그놈들 이길 생각이나 하자고."

"어, 그래야지. 빌어먹을."

한편, 교체되어 들어온 한수는 다시 한번 그라운드 위에 섰다.

백두반 애들을 살폈다.

녀석들은 자신을 대수롭지 않게 생각하고 있었다.

고작 한 명 정도 바뀐다고 해서 대세에 영향을 끼치진 못할 거라고 생각하고 있는 듯했다.

그들을 쳐다보던 한수가 심호흡을 하며 눈을 감았다.

'이번에는 당하고만 있진 않을 거야.'

공터에서 한 시간 넘게 공을 찬 덕분에 가까스로 경험치를 올리는 데 성공했다.

조금 늦긴 했지만 그래도 50%를 넘길 수 있었고 동시에 두 번째 능력을 확보할 수 있었다.

한수가 그토록 바라던 능력이기도 했다.

[HBS Sports 채널에 대한 경험치가 50% 쌓였습니다. 이제부터는 신체의 동기화가 경험치 %에 맞춰 유지됩니다.]

신체의 동기화.

한수의 얼굴에 미소가 퍼졌다.

3:0으로 희망이 보이지 않는 상황이지만 한수에겐 더는 중요치 않았다.

'찍소리도 못 하게 박살을 내줄게.'

한수는 신발 끈을 바짝 묶었다.

놈들에게 프로의 세계는 어떤 것인지 제대로 보여줄 생각이었다.

신발 끈을 묶고 일어났을 때 심판이 경기를 재개했다.

이번에 한수가 선 자리는 우측 공격수였다. 바로 앞에 백두반 에이스가 보였다. 녀석은 시건방진 얼굴을 한 채 자신을 빤히 쳐다보고 있었다.

한수도 놈을 마주 봤다. 놈이 인상을 찌푸리더니 한수를 보며 물었다.

"뭘 보세요?"

한수는 말없이 경기에 집중했다.

놈이 눈매를 좁히며 투덜거렸다.

"어차피 끝난 경긴데 대충 하고 끝내지. 교체 투입한다고 뭐가 달라질 거라고 생각하나?"

"어. 달라질 거야."

"네? 뭐라고요?"

"달라질 거라고."

그때 한수에게 공이 전달됐다.

한수는 공을 잡아 멈춰 세웠다. 동시에 동기화가 시작됐다. 프리미어리그에서 현역으로 뛰고 있는 선수들의 움직임이 한수를 통해 발현되었다.

비록 그 동기화율은 50%에 불과했지만, 그것만으로도 충분했다.

한수는 오른발과 왼발을 번갈아 쓰며 단숨에 놈을 따돌렸다.

'패, 팬텀 드리블?'

동시에 한수는 조금 더 안으로 치고 달렸다.

백두반 수비수가 앞으로 뛰쳐나왔지만 이미 늦은 뒤였다.

한수가 날카로운 눈으로 백두반의 골문을 훑었다.

왼쪽 구석진 곳이 텅 비어 있었다. 백두반 골키퍼도 허둥지둥하며 제대로 반응하지 못하는 상황.

한수는 그대로 슈팅을 때렸다.

쾅!

벼락같은 슈팅과 함께 단숨에 백두반 골망을 흔들었다.

경기가 재개되고 채 몇 초가 지나기도 전에 길벗반이 한 골을 따라붙은 것이다.

알림이 떴다.

돌아온 한수가 눈을 감았다.

[골을 기록하였습니다. HBS Sports에 대한 등급 심사 조건이 완료되었습니다. 채널 확보권을 한 개 획득하였습니다.]

한수는 입가에 미소를 그렸다.

풋살도 축구의 일종인 만큼 퀘스트와 연계되는 모양이었다.

싱글벙글 웃고 있는 한수와 달리 다른 애들은 좀처럼 반응하질 못하고 있었다.

너무나도 순간적으로 일어난 일이었다.

백두반 에이스 녀석조차 얼떨떨해하고 있었다.

그때 뒤늦게 정신을 차린 심판이 호각을 불었다.

삐이이익-

그리고 한수의 골이 인정되었고 스코어가 1 대 3으로 좁혀졌다.

뒤늦게 풋살장에 서 있던 애들이 하나둘 정신을 차렸다.

그러나 여전히 그들은 얼떨떨한 얼굴로 방금 무슨 일이 일어났는지 다시 생각하고 있었다.

"바, 방금 뭔 일이야?"

"저 형이 양발로 드리블을 치더니…… 진태를 뚫고 간 거까진 봤는데."

"왜 못 막은 거야?"

"반응하기도 전에 슈팅이 날라왔다니까?"

"다들 잡담 그만하고. 삐익!"

백두반의 공격으로 다시 경기가 시작됐지만 백두반 애들은 여전히 멍한 상태였다.

가장 충격이 큰 건 백두반 에이스 진태였다.

'어, 어디까지나 뽀록이야. 운이 좋았을 뿐이라고.'

진태가 한수를 재차 바라봤다. 한수는 활기 넘치는 얼굴로 길벗반 동기들을 독려 중이었다.

반면에 백두반 분위기는 처참했다. 누가 봐도 3 대 1로 앞서가는 반의 얼굴이 아니었다. 처참하게 지고 있는 패잔병에 가까웠다.

그러는 사이 백두반 한 명이 진태에게 패스를 밀었다.

하지만 진태가 뒤늦게 반응하는 사이 한수가 그 공을 가로챘다.

"아, 시발."

진태가 욕지거리를 내뱉으며 다급히 따라붙었다.

그러나 소용없는 일이었다.

한수는 성큼성큼 뛰어가더니 이내 수비수와 골키퍼까지 따돌리고는 또 한 골을 골대에 밀어 넣었다.

2 대 3.

경기가 급격히 기울고 있었다.

한수가 환호하는 모습을 지켜보던 진태는 자신에게 패스를 건넨 동기에게 다가갔다.

"야! 너 뭐 하는 거야. 패스를 그따위로 주면 어쩌자는 건데?"

"진태야, 참아."

"일부러 그런 건 아닐 거야."

진태가 멱살을 쥐자 다른 동기들이 그를 말리기 시작했다.

"내가 뭘? 네가 얼빵하게 서 있다가 패스 못 받은 거잖아. 중학교 때 축구부였던 거 맞아?"

"뭐? 이 새끼가."

"자자! 너희들. 동기들끼리 싸우면 안 되지. 게임 갖고 왜들 이래?"

심판을 맡고 있던 고학번 선배가 그들을 나무랐지만 소용 없었다.

잠시 봉합이 된 것일 뿐 백두반 분위기는 이미 개판이 된 지 오래였다. 그전까지만 해도 착착 들어맞던 호흡은 순식간에 무너져 버렸고 오히려 서로 반목하고 헐뜯고 있었다.

그들이 한수 상대가 될 리가 없었다.

그렇게 한수는 교체 투입되고 이십 분 조금 넘게 뛰었음에도 네 골을 몰아 넣으며 역전승을 거머쥘 수 있었다.

반면에 백두반은 패기 넘치던 초반 기세와는 달리 서로 간에 반목만 쌓인 채 쓸쓸하게 퇴장하고 말았다.

점심시간 이후 한빛반과 길벗반의 최종전이 치러졌고 이번에도 한수의 활약을 앞세워 길벗반이 우승을 차지할 수 있었다.

소주 두 짝과 치킨, 피자가 부상으로 주어진 건 그들이 가장 원하던 결과물이었다.

그 이후 한수의 활약은 거침이 없었다.

세상에서 가장 어려운 문제를 푸는 것도 손쉽게 해치웠다.

한수는 비록 「트루 라이즈」 출연은 물거품이 됐지만, 이곳에서라도 요긴하게 써먹을 수 있게 된 걸 다행스럽게 생각하고 있었다.

그러는 사이 이튿날도 훌쩍 지나갔다.

저녁을 먹고 난 뒤 다들 강당에 모였다.

마지막 레크레이션만이 남아 있는 상황.

각 반은 여기서 만회하겠다고 다짐하며 만반의 준비를 갖추고 있었다.

그렇지 않으면 안주로 강냉이만 먹게 될 수도 있었으니까.

특히 가장 위험한 반은 백두반이었다.

들리는 말로는 백두반 에이스였던 진태가 중간에 새터를 포기하고 먼저 집에 가버렸다는 이야기도 있었다.

그때 사회자가 강당에 모인 새내기들을 보며 소리쳤다.

"각 반에서 노래 제일 잘 부르는 사람 여기 앞으로 나와주세요!"

각 반마다 눈빛이 돌아갔다.

대부분 신입생 환영회에서 장기자랑을 통해 실력을 확인한 상태.

하나둘 쭈뼛거리며 나올 때 길벗반에서 나올 사람은 이미 정해져 있었다.

"한수 오빠, 빨리 나가요."

"형 말고 누가 나가겠어요? 제가 나갔다간 맞아 죽을걸요?"

결국 한수가 강당에 올라왔고 모두 네 명이 모였다.

졸지에 강당에 올라온 건 모두 남자였다.

개중에서도 사람들의 관심을 가장 많이 받는 건 역시 한수였다.

"오, 이 신입생이 노래를 가장 잘 부르나 봐요? 이름이 어떻게 되죠?"

"17학번 강한수입니다."

"아, 그 홍대 버스킹남! 맞죠? 저도 유튜브로 찾아봤는데 노래 진짜 잘 부르더라고요."

"감사합니다."

한수가 고개를 꾸벅 숙였다.

그때 사회자가 실실 웃으며 말했다.

"이쯤 노래를 들어야 하는데 이거 어쩌나. 시합 종목은 노래 부르기가 아니라 팔씨름이라서요."

"우우우우우."

야유가 쏟아졌다.

졸지에 노래가 아닌 팔씨름을 하게 된 상황.

한수는 눈앞에 있는 덩치 좋은 남자애를 바라봤다.

'얘는 헐크인가?'

피부만 초록색으로 칠하고 키만 조금 줄이면 영락없는 헐크였다.

한수가 침을 꿀꺽 삼켰다.

"한수 오빠! 파이팅!"

"형만 믿어요!"

"한수야, 잘해라! 너한테 우리 저녁이 달렸다!"

아우성치는 가운데 한수는 고개를 절레절레 저었다. 그래도 최선을 다해보겠다고 생각하며 손을 서로 꽉 쥐었을 때였다.

한수 얼굴이 새파래졌다.

그는 자신도 모르게 신음을 흘리고 말았다.

'이건 무슨 손이 돌덩어리도 아니고……'

사회자가 외쳤다.

"시작!"

한수가 젖먹던 힘까지 내며 버텼지만 소용없었다.

어떻게든 질질 늘어졌지만, 결과는 한수의 패배였다.

"형, 고생했어요."

그래도 애들의 반응은 대체로 호의적이었다.

노래 잘하는 사람을 불렀는데 팔씨름시킬 줄은 생각지도 못했기 때문이다.

졸지에 노래는 부르지도 못하고 강당에서 내려왔을 때 사회자가 음흉하게 웃으며 소리쳤다.

"자, 이번에는 각 반에서 수능 점수 가장 높은 사람 나와보세요!"

웅성웅성-

서로 점수를 놓고 떠드는 목소리가 들렸다.

그러나 이번에도 길벗반은 정해져 있었다.

역대 최악의 불수능, 그 불수능에서 유일하게 만점을 기록한 사람.

바로 한수뿐이었다.

한수는 또다시 강당에 올라와야 했다.

사회자가 그런 한수를 보며 눈을 휘둥그레 떴다.

"아니, 길벗반은 이 학생밖에 없는 건가요? 노래도 잘해, 공부도 잘해, 음. 알겠습니다. 뭐 이젠 다들 짐작하고 계시겠지만…… 이번에는 팔굽혀펴기 대결입니다! 자, 다들 준비되셨겠죠?"

한수가 인상을 구겼다.

몸 쓰는 일은 그가 제일 싫어하는 일이다. 방금 풋살은 HBS Sports 채널에 대한 경험치가 50% 넘게 쌓이면서 동기화가 이뤄졌기에 가능한 일이었다.

그 덕분에 실제 축구선수처럼 몸을 움직이는 게 가능했고 평소엔 불가능한 동작도 수월하게 해낼 수가 있었다.

문제는 팔굽혀펴기는 동기화시킬 수 없다는 것이다.

"형, 힘내요!"

"아오, 젠장."

한수가 눈매를 좁혔다. 그래도 이 악물던 힘까지 낸 끝에 한수는 가까스로 2등을 차지할 수 있었다.

1등은 한빛반에서 나왔다. 녀석은 한수보다 두 배 넘는 개수를 기록했다.

그래도 한수는 2등 했다는 것에 위안을 삼을 수 있었다.

다만, 3등과 4등이 여자애였다는 게 문제였지만.

"괜찮아요, 형. 그래도 2등이 어디에요!"

"그 정도면 충분해요!"

연달아 굴욕을 당한 상황.

그렇게 레크레이션이 끝난 뒤 장기자랑 시간이 되었다.

각 반 모두 준비한 무대를 열심히 펼쳐 보였고 개중에는 호평을 받은 무대도, 모두가 질색한 무대도 있었다.

그리고 마침내 모두가 기다리던 차례가 돌아왔다.

한수는 천천히 강당 위로 올라왔다.

수많은 눈동자가 자신을 향해 있었다. 그들 모두 지금 자신이 노래 부르길 기다리는 중이었다.

한수는 그들의 기대에 부응하기로 마음먹었다.

이왕이면 신나는 곡으로, 그리고 고음을 터뜨릴 수 있는 노래로.

록(Rock).

경험치는 발라드보단 덜 쌓였지만, 이 정도 무대를 휘어잡기엔 충분했다.

강렬한 샤우팅과 함께 한수가 노래를 시작했다.

그대 나를 나를 잊었나.

처음부터 폭발적인 사운드와 함께 고음이 터져 나오기 시작했다.

방금까지는 갖은 굴욕을 당했다.

하지만 지금부터는 한수의 무대였다.

강당에 있는 애들은 물론 좀 전까지만 해도 음흉하게 웃던 사회자마저 한수가 부르는 노래에 취한 채 모두 신나게 뛰어다니며 노래를 따라부르고 있었다.

길벗반 방 안에는 적지 않은 먹거리가 가득 쌓여 있었다.

풋살에서 1등, 발야구는 3등, 그밖에 장기자랑은 한수의 무대 덕분에 최종적으로는 2등을 차지하며 엄청난 부상을 떠안은 덕분이었다.

"고생하셨습니다!"

"한수 형, 사랑해요!"

"형 덕분이에요! 잘 먹을게요."

한수는 어깨를 으쓱거렸다.

칭찬은 고래도 춤추게 한다더니 계속 들어도 질리지 않는 게 바로 칭찬이었다.

"형, 한잔 받으세요!"

"오빠, 저도요!"

"우리 자리 좀 바꿔요!"

한수 옆에만 모여드는 여자애들 때문에 몇몇 남자애들이 난리를 쳐댔지만, 분위기는 유쾌하기 이를 데 없었다.

'서윤이는 왜 안 온 거지?'

이튿날이 되도록 오지 않은 서윤이를 생각하던 한수가 잠깐 바람을 쐬러 발코니로 나왔을 때였다.

주머니에 넣어뒀던 휴대폰이 울렸다.

모르는 번호였다.

"강한수입니다. 누구시죠?"

저녁 열 시 무렵, 한수에게 전화를 걸어온 곳은 다름 아닌 방송국이었다.

ー안녕하세요. 「자급자족 in 정글」의 섭외 작가 한효민입니다. 저희 프로그램에 지원서 내신 거 보고 전화 드렸어요.

"아, 네. 안녕하세요."

ー일단 서류는 통과하셨고요. 면접을 보셔야 하는데 언제 시간이 괜찮으신지 알 수 있을까 해서요.

"제가 지금 새터에 와 있어서 당장 이번 주는 어렵고요. 다음 주는 문제 없이 가능할 거 같습니다."

ー다행이네요. 그럼 다음 주 월요일 오후 3시쯤 뵐 수 있을까요?

한수가 흔쾌히 대답했다.

"예, 가능할 거 같습니다."

―그럼 그때 뵐게요. 늦지 않게 꼭 와주세요.

"알겠습니다."

전화를 끊은 뒤 한수는 입가에 미소를 그렸다.

정글에 가서 살아남을 수 있을지 문제는 별개로 하고 어쨌든 서류 전형은 통과한 셈이었다.

이제 남은 건 면접을 잘 본 뒤 정글로 떠나기 전에 디스커버리 채널을 확보하는 것 정도였다.

그게 가장 어려울 것 같지만 한수는 오늘 풋살을 뛰면서 골을 넣은 덕분에 이미 채널 확보권을 한 개 획득한 상태였다.

덕분에 한수는 「유아」, 「경제」, 「애니메이션」 이렇게 세 개 카테고리 가운데 한 개 채널을 고르는 게 가능했다.

그밖에 다른 카테고리에 속해 있는 채널을 골라도 되지만 그러면 상위 카테고리에 속하는 「다큐멘터리」 채널을 얻는 게 더 오래 걸리기 때문에 당분간은 미뤄 둘 생각이었다.

그때였다.

재차 전화가 걸려왔다.

다시 리조트 안으로 들어가려 하던 한수가 전화를 받았다.

귀에 익은 목소리가 들렸다.

─안녕하세요, 강한수 씨. 저 「트루 라이즈」 작가 정지현이
에요. 저 기억하세요?

장 PD 옆에 앉아 있던 여작가.

그녀인 듯했다.

한수가 무뚝뚝한 목소리로 되물었다.

"무슨 일이시죠?"

─트루 라이즈 최종 합격하셔서 연락드렸습니다.

한수가 눈살을 찌푸렸다.

보름 안에 연락을 준다고 한 걸로 기억하는데 벌써?

그러나 머릿속으로 한수는 지난번 3팀장이 했던 말을 떠올
리고 있었다.

지난번 구름나무 엔터테인먼트의 3팀장이 그런 말을 했다.
장 피디가 학벌 콤플렉스가 있고 그거 때문에 일부러 한국대
학생을 찬밥 대우한다고 말이다. 그러나 며칠 안 가 연락을 줄
거라고 했다.

그 말 그대로 이루어졌다.

한수가 의심쩍은 목소리로 물었다.

"정 작가님, 죄송한데요. 결과 발표는 보름 뒤 한다고 하지
않으셨나요?"

정지현 작가는 으레 예상했다는 듯 부드러운 목소리로 대
답했다. 그녀의 목소리는 마치 간이라도 빼줄 것처럼 나긋나

굿했다.

-스케줄을 맞춰야 해서요. 저희 7월에 2주 정도 합숙해야 하고 그 이후 매주 금요일마다 스케줄을 비워 주셔야 하거든요. 그렇다 보니 최우선 합격자부터 연락 드리는 거예요.

"저는 몇 번짼데요?"

-지금 두 번째로 연락드리는 거예요.

한수는 그 말에 눈매를 좁혔다.

첫 번째로 연락 간 사람은 누굴지 대충 감이 왔다.

김민지라고 했던가? 채 5분도 되지 않아 시험을 모두 풀었고 만점을 받은 차도녀.

한수가 눈매를 좁혔다.

원래 계획대로였으면 「트루 라이즈」에 출연하는 게 맞다.

그러려고 채널 확보권을 사용했고 피로도를 쓴 거였으니까.

그러나 3팀장이 했던 말이 걸렸다.

그뿐만 아니라 장 피디는 대놓고 자신을 싫어했다.

방송은 연출의 몫이다.

피디가 어떻게 찍고 편집하는가에 달려 있다.

괜히 악마의 편집이라는 신조어가 생긴 게 아니다.

그것만이 아니다.

「자급자족 in 정글」도 7월 초에 촬영이 잡혀 있다.

둘 중 하나를 고르라면?

무조건 「자급자족 in 정글」이다.

–여보세요? 강한수 씨, 이야기 듣고 있어요?

"아, 죄송합니다. 출연하기 어려울 거 같습니다."

–알겠…… 예? 뭐라고요? 지금 뭐라고 하셨어요?

"출연 못 한다고요."

–아니, 이봐요. 이런 기회가 흔한 것도 아니고. 진짜 출연 포기하시는 거예요?

"예, 포기하겠습니다."

똑같이 이야기를 또 하고 싶진 않았다.

그 말을 끝으로 한수는 전화를 끊었다.

기분이 후련했다.

반면 정지현 작가는 어처구니없는 얼굴로 전화기를 연거푸 바라봤다.

믹스 커피 한잔을 뽑고 돌아오던 장 피디가 그런 정 작가를 보고 의아한 얼굴로 물었다.

"정 작가, 무슨 일 있어? 표정이 왜 그래?"

"와, 저 방금 까인 거 알아요?"

"누구? 송태준? 박현빈?"

"아뇨. 강한수요."

"뭐? 강한수가 누구…… 아, 그 한국대 개?"

"예, 「트루 라이즈」 최종 합격했다고 이야기하고 섭외하려 했는데 까인 거죠? 호호."

"내가 뭐랬어? 한국대 놈들 죄다 안하무인에 성질 더럽다니까? 애초에 뽑지 말자고 했던 게 그래서였던 거야. 이제 겪어 보니 좀 알겠지?"

정지현 작가가 핏기가 가신 얼굴로 자리에서 일어났다. 여전히 그녀는 현실 부정 중이었다.

「트루 라이즈」는 20대에서 30대 사이에 가장 인기 많은 프로그램이다. 시즌 4 같은 경우 화제성이 워낙 좋다 보니 내로라하는 톱스타들도 은근슬쩍 출연 의사를 비치는 경우가 잦을 정도다.

그런데 고작 대학생이 대놓고 거절을 해버렸다.

뒤통수가 얼얼했다.

"그건 그렇고 우리 시간대 잡혔어."

"예? 언젠데요?"

"금요일 오후 열 시. 시간 나쁘지 않지?"

"경쟁 프로그램이 뭐 있죠?"

"별거 없어. 종편은 드라마 위주고 UBC는 별거 없는 예능, 그나마 상대해 볼 만한 게 IBC에 「자급자족 in 정글」인데 요새 끗발 떨어졌잖아. 시청률 뽑기엔 최고야."

"그건 그렇긴 하죠. 시간대는 좋네요. 어쨌든 휴, 저 머리 좀 식히고 올게요."

정지현은 고개를 절레절레 저으며 회의실을 빠져나왔다.

가만히 회의실을 둘러보던 장 피디는 섭외 명단을 보다가 한수 사진이 붙은 지원서를 가만히 노려봤다.

그것도 잠시 그는 신경질적인 얼굴로 한수가 낸 지원서를 갈기갈기 찢었다.

"어디서 주제넘게 거절은 거절이야. 뭐, 뽑힌다고 해도 적당히 편집해서 엿 좀 먹여 보려 했더니 아쉽게 됐네. 이런 놈은 어렸을 때 부모가 버릇을 들여놔야 하는 건데 말이야. 퉤."

휴지통에 여러 조각으로 찢긴 한수 지원서가 가래 덩어리와 함께 틀어박혔다.

그것도 잠시 장 피디는 콧노래를 부르며 캐스팅 보드에 붙어 있는 여러 사진을 쳐다봤다.

이번 시즌 4는 역대 최고의 「트루 라이즈」라는 평가를 받으며 화려하게 부활할 터였다.

한편, TBC의 「트루 라이즈」팀에서 갈기갈기 찢긴 한수의 지원서는 말끔한 상태로 회의실에 한 장 더 놓여 있었다.

다만 이 회의실은 TBC가 아닌 IBC 예능국에서 사용 중인 게 조금 다른 점이었다.

「자급자족 in 정글」팀은 아침부터 계속된 일반인 면접에 살짝 진이 빠진 상태였다.

수천 명이 넘는 대학생 새내기들이 지원했고 커트라인을 두고 수십 명을 간추렸지만, 사람을 상대하는 일인 만큼 쉽지 않은 게 사실이었다.

월요일 오후 두 시 오십 분.

점심을 먹고 얼마 되지 않아 살짝 배부르고 졸린 시간에「자급자족 in 정글」팀의 제작진들은 새로운 면접자가 오길 기다리고 있었다.

메인 피디가 지원서를 다시 한번 훑어보다가 메인 작가한테 물었다.

"송 작가가 뽑은 애가 얘 맞지?"

"네, 강한수 씨 맞아요. 딱 봐도 키 크고 훤칠한 게 보기 좋더라고요. 호호."

송 작가는 올해 마흔넷이 되는 유부녀로 벌써 5년째「자급자족 in 정글」의 구성을 도맡아 하고 있었다.

"누가 되든 정 감독이 어련히 화면 잘 뽑을 텐데. 비주얼 말고 우리 프로그램에 얼마나 어울릴지 그걸 따져야지. 안 그래?"

"신입생이긴 해도 군대 갔다 왔다면서요? 허우대도 멀쩡한 걸 보면 몸 쓰는 일 꽤 하지 않겠어요? 거기에 지원서 보니까 요리도 할 줄 알던데요? 요새 요섹남이 대세라던데 신선한 얼굴 나와주면 시청자들도 좋아할걸요. 그 뉴페이스가 잘생기면 금상첨화죠."

"그래, 이왕이면 다홍치마긴 하지."

그때 가만히 이야기를 듣고 있던 막내 피디가 조심스럽게 입을 열었다.

"그런데 며칠 전 TBC에서 일하는 친구 녀석한테 들은 이야기인데요. 강한수 씨 저 사람, 태도가 불량하다고 구설수가 좀 있던데요?"

"그게 무슨 말이야? 강한수 씨, 언제 TV 출연한 적 있어?"

"그게 아니라……."

"자세히."

메인 피디의 불호령에 막내 피디가 머뭇거리던 끝에 말을 이었다.

"친구가 「트루 라이즈」팀에서 일하고 있는데요. 「트루 라이즈」 거기 면접까지 보고 최종 합격했는데 섭외 거절했대요."

"뭐? 음, 「트루 라이즈」 메인 피디가…… 장석훈이지? 그러면 눈치껏 잘 빠졌네?"

"그러게요. 어떻게 알았대요?"

"홍대 때 같이 버스킹한 가수가 윤환 맞지? 윤환 소속사에서 데려가려고 하나? 아니면 그 소속사하고 이미 계약되어 있었다던가."

메인 피디와 메인 작가 간의 이야기에 가만히 듣고 있던 막내 피디가 조심스럽게 입을 열었다.

"저 눈치껏 잘 빠졌다는 게 무슨 말씀이신지……."

"넌 알 거 없어. 그보다 슬슬 시간이 다 되어가는 데 오질 않네. 야, 너 한번 나가봐."

떠드는 사이 어느덧 시간은 오후 세 시가 되어가고 있었다.

곧 면접을 볼 시간.

막내 피디가 회의실 문을 열고 밖으로 나가려 할 때였다.

똑똑-

노크 소리가 들렸다.

"예, 들어오세요."

문이 열리는 순간 의자에 앉아 있던 사람들은 나지막하게 감탄을 토해냈다.

송 작가는 호감 어린 눈동자로 한수를 위아래로 훑었다.

깔끔한 차림이지만 일단 키가 크니까 옷 태가 저절로 살아났다.

얼굴도 훤칠하고 피부도 하얗다.

구름나무 엔터테인먼트에서 키우고 있는 연습생이라는 지라시가 도는 이유를 알 법했다.

"안녕하세요, 강한슙니다."

"어서 와요.「자급자족 in 정글」팀 메인 피디 박종석이에요.

일단 자리에 앉아요. 너는 커피하고 간식 좀 가져오고."

"아, 예."

방금까지만 해도 한수 뒷담화를 했던 막내 피디가 얼굴을 붉힌 채 밖으로 나갔다.

세 사람은 자리에 앉아 있는 한수를 다시 쳐다봤다.

무슨 조각상처럼 잘생긴 얼굴은 아니다. 그렇지만 서글서글한 눈매와 입가에 걸려 있는 미소가 저절로 사람의 시선을 잡아끈다.

한마디로 매력적이다.

시청자들을 잡아끌 수 있는 요건을 갖춘 셈이다.

"제시간에 딱 맞춰왔네요. 지원서는 이미 다 봤고 형식적인 질문이긴 하지만 하나 물어볼게요. 「자급자족 in 정글」에 지원하게 된 계기가 있을까요?"

한수가 입을 열었다. 중저음에 부드러운 목소리가 귀에 감겼다.

"제가 가치 있다는 걸 증명해 보이고 싶었습니다."

"음, 무슨 의미죠?"

생각지도 못한 뜻밖의 대답이 나왔다.

여태껏 면접을 본 사람들이 한 이야기는 대동소이했다.

「자급자족 in 정글」에 나와서 진짜 제대로 된 정글의 삶은 어떤 건지 체험해 보고 싶었다거나 혹은 그동안 제대로 된 추억 하나 남기지 못했는데 이번 방송을 기회로 정말 좋은 추억을 얻고 가고 싶다는 답변이 대부분이었다.

그런데 지금 이 대답은 조금 뜻밖이었고 그랬기에 낯설었다.

"얼마 전 면접을 보고 온 프로그램이 하나 있었습니다. 최종 합격까지 했고 섭외 전화를 받았지만 저는 포기했습니다. 7월에 2주 합숙이 있다는데「자급자족 in 정글」하고 겹쳤거든요."

메인 피디가 눈을 빛냈다.

「트루 라이즈」와 관련 있는 이야기다.

흥미가 돋았다.

메인 피디가 번들번들한 눈동자로 한수를 쳐다보며 물었다.

"좋은 기회인데 거절하신 이유는 뭔가요?"

"그 프로그램보다「자급자족 in 정글」에 나오고 싶었습니다."

"하하, 듣기엔 좋네요. 그래도 최종 면접까지 가셨다는 건 그만큼 준비를 했다는 건데 아깝지 않으셨나요?"

한수가 그 말에 살짝 눈살을 찌푸렸다.

아깝지 않긴.

개뿔이.

채널 확보권에 피로도에.

적잖게 투자를 했었다.

그게 물거품이 될 줄은 생각지도 못한 일이었다.

"아깝지만 사람 일이라는 게 한 치 앞을 예측할 수 없더군요. 그래도 더 좋은 기회가 찾아온 만큼 이번 기회는 무조건 붙잡으려 합니다."

"자세는 좋네요."

"열심히 하겠습니다."

가만히 상황을 지켜보던 송 작가가 환한 얼굴로 물었다.

"지원서를 보니까 웬만한 외국어는 다 할 줄 아시는 데다가 요리도 하실 수 있다고 적으셨던데 사실이에요?"

"예, 제2외국어 영역에 나온 외국어는 다 할 줄 압니다. 개중 몇 개는 회화도 능숙하게 할 수 있습니다."

"요리는요?"

"요리도 한식뿐만 아니라 일식, 양식, 그리고 아프리카 요리까지도 할 줄 압니다."

그 뒤로도 면접이 더 이어졌다.

보통 못은 박아 봤는지 불을 피울 수 있는지 이런 질문도 나올 만한데 현역 제대다 보니 그런 질문은 없었다.

그 정도는 어련히 알아서 잘 할 거라고 생각하는 듯했다.

주된 질문은 한수가 지원서에 기재했던 요리, 노래 그리고 외국어에 한정되어 있었다.

그 이후 여권은 있는지, 촬영하기에 건강상의 문제는 없는지 등 몇 가지 질문이 오고 갔다.

면접이 다 끝난 뒤 메인 피디가 환하게 웃으며 말했다.

"조만간 연락드리겠습니다. 저희도 7월 무렵 촬영하니까 그때까지 다치는 일 없도록 주의해주세요."

"예. 감사합니다, 피디님."

한수가 떠난 뒤 그들이 삼삼오오 머리를 맞댔다.

"피디님 생각은 어때요?"

"나쁘지 않던데? 송 작가는?"

"저는 무조건 뽑아야 한다고 봐요. 에피소드 뽑아낼 게 정말 많더라고요. 누구하고 엮으면 좋을지 고민해 보려고요. 뽑으실 거죠?"

그때였다. 누군가하고 통화하던 피디가 통화를 끝내곤 메인 피디에게 다가와서 말했다.

"선배님, 「트루 라이즈」 편성 받았답니다."

"언젠데?"

"저희하고 같은 시간댑니다. 7월에 합숙하고 촬영 들어간 다음 빠르면 9월 초 방영 예정이랍니다."

"그럼 우리 특집하고 시간이…… 겹치네?"

"예, 그럴 거 같습니다."

"음, 잘못 뽑았다가는 「트루 라이즈」가 버린 패 「자급자족 in 정글」이 쥐었다가 망하다, 이런 기사 뜨는 거 아냐?"

하필이면 방송 시간대가 같다.

그리고 섭외 대상 중 한 명이 두 프로그램에 모두 출연 제의를 받았다.

개중 하나는 거절했고 하나는 지금 섭외 예정이다.

기자들 먹잇감이 되기에 딱 좋은 소재다.

그때 송 작가가 웃으며 말했다.

"왜 안 좋게만 생각하세요? 시청률을 끌어올려 줄 일등 공신이 되어 줄 수도 있잖아요."

"이거, 이거 완전 푹 빠졌구먼."

고개를 절레절레 젓던 박 PD가 침을 삼켰다.

모 아니면 도인 상황.

그러나 이번 특집으로 그는 시청률 반등을 노리고 있었다. 점점 시청률이 적은 폭이지만 하락세였기 때문이다.

그리고 고민 끝에, 그가 선택을 내렸다.

CHAPTER
5

면접이 끝난 뒤 한수는 집으로 돌아왔다.

그는 밝게 미소 지었다. 결과는 나쁘지 않을 거라고 생각하고 있었다. 「자급자족 in 정글」팀의 반응이 괜찮았기 때문이다.

집으로 돌아왔을 때 엄마가 한수를 보며 물었다.

"면접은 잘 보고 왔어?"

"예."

"이번에는 어떻든?"

"괜찮았어요. 메인 피디님도 친절하고 작가님이 저를 엄청 챙겨주시더라고요. 아마 촬영하게 될 거 같아요."

한수 엄마가 탐탁지 않은 얼굴로 입을 열었다.

그녀는 아들이 한국대학교 경영학과에 입학한 만큼 뛰어난 성적을 받고 졸업한 뒤 좋은 직장에 취직하길 바라고 있었다.

이건 대부분의 부모가 자식한테 바라는 점이었다.

남들이 하는 대로.

대기업이나 공무원 같은.

자연스럽게 핀잔 섞인 말이 튀어나왔다.

"너는 어쩜…… 무슨 방송 출연을 그렇게 하려고 하니."

"이런 게 다 스펙이고 경험이 되는 세대잖아요."

한수가 밝게 웃었다. 왜 방송에 출연하려고 하냐는 말에 한수는 적당히 핑계를 대서 둘러댔다. 그러고 보면 별의별 일들이 경력이 되고 경험이 되는 세대다.

남들보다 조금이라도 더 좋은 스펙을 쌓고자 치열하게 경쟁을 벌이는 만큼 엄마도 한수 말에 더는 반대하지 않았다.

그러나 우려되는 건 더 있었다.

"그렇다면 트루 라이즈인가 하는 프로그램이 더 낫지 않겠니? 그래도 그건 실내에서 촬영하는 거라며. 반면에 이번에 그 뭐? 그건 외국까지 나가야 하는 거 아니니? 그 방송 저번에 한 번 재방송으로 보니까 매번 오지 같은 데 가던데 위험한 건 아니지?"

결국, 남는 건 자식 걱정뿐이다.

"방송이에요. 리얼리티이긴 해도 크게 문젠 없을 거예요. 걱정 마세요."

"그래도…… 몸 성히 갔다 와야 해. 알았지?"

"예, 그래야죠."

한수가 씨익 웃으며 대답했다.

개강 첫날이었다.

첫날부터 전공 필수 과목인 경영학원론 강의가 있었다.

새터 이후 개강 전까지 부지런히 대한 경제 TV를 봐둔 덕분에 경영 및 경제에 관한 지식은 어느 정도 폭넓게 쌓인 상태였다.

아직 경험치를 15% 넘게 쌓진 못했지만 15%까지는 며칠 안이면 해결할 수 있다고 생각 중이었다.

한수는 산뜻한 마음으로 집에서 나왔다.

한국대학교입구역에서 내린 뒤 5511번 버스를 타기 위해 정류장에서 기다릴 때였다.

얼굴이 따가웠다.

주변이 시끌벅적했다.

정류장에 서 있는 사람들이 자신을 힐끔거리며 속닥이고 있었다. 듣고 싶지 않아도 이야기가 자연스럽게 들렸다.

'그 버스킹남 맞지?'

'어, 맞는 거 같은데? 영상이랑 차이 없네.'

'여친 있겠지?'

'내가 그걸 어떻게 알아. 근데 키 진짜 크다.'

'지금 나 본 거 맞지? 눈 마주쳤어.'

'오늘따라 너 농담이 재밌다? 뭐 하러 널 봐.'

한수는 머쓱해진 얼굴로 고개를 돌렸다.

확실히 그 날 윤환하고 함께 했던 버스킹 영상은 여러모로 화제인 게 분명했다.

실제로 명성 수치도 300 정도에서 계속해서 유지 중이었다.

그만큼 사람들이 계속 버스킹 영상을 찾아보고 있다는 이야기였다. 그러는 사이 버스가 도착했다.

그리고 사람을 가득 채운 버스가 출발했을 때였다.

"저 그쪽이 마음에 드는데 번호 좀 알려주실 수 있어요?"

한수가 고개를 돌렸다.

아까 속닥이던 여자애 중 한 명이 용기를 냈다. 꽤 예쁘장한 얼굴에 세련된 옷차림이었다. 그리고 사람이 가득 찬 만원 버스에서도 그녀는 거리낌 없이 번호를 물어보고 있었다.

그러나 한수는 지금 당장 연애할 마음이 없었다.

지금은 피로도를 쌓고 채널을 확보하는 일이 더 중요했다.

"죄송합니다."

"번호 주는 게 그렇게 어려운 일인가요?"

"그쪽은 제 이상형이 아니어서요."

그녀가 한수 말에 얼굴을 붉혔다. 아까 전 속닥이던 다른 여자애들이 키득거렸다.

그때였다.

"그럼 오빠 이상형은 어떻게 되는데요?."

익숙한 목소리에 한수가 고개를 돌렸다.

서윤이가 살짝 야윈 얼굴로 자신을 쳐다보고 있었다.

한수와 서윤이는 한국대학교 정문에서 함께 내렸다.

58동 경영관은 한 번 더 가야 했지만, 정문에서 내린 건 서윤이가 하고 싶은 이야기가 있다고 해서였다.

한수는 말없이 경영관을 향해 걷기 시작했다. 옆에서 나란히 걷던 서윤이가 한참이 지난 뒤에야 입을 열었다.

"……왜 새터에 안 왔냐고 안 물으시네요."

"그럴 만한 사정이 있을 거라고 생각했어."

"뭐 때문일 거 같아요?"

장난기 넘치는 그녀 얼굴에는 짙은 수심이 어려 있었다.

한수가 서윤이를 보며 물었다.

"무슨 일이야?"

"별일 없어요. 몸이 아파서 못 갔던 거예요."

야윈 얼굴이 그제야 이해가 갔다.

한수가 걱정스러운 얼굴로 물었다.

"몸은 괜찮은 거야?"

"그럼요. 제가 얼마나 씩씩한데요! 다음번에 또 술 마시러 가요. 그땐 제가 이길 거예요."

밝고 활기찬 서윤 모습에 한수가 고개를 끄덕였다.

그러는 사이 경영대 건물이 성큼 눈에 들어왔다.

서윤이가 아쉬운 목소리로 말했다.

"강의 잘 들어요."

"너는?"

"전 오후 강의거든요. 그럼 나중에 봐요."

서윤이는 밝게 손을 흔들며 먼저 자리를 떴다.

가만히 그녀 모습을 보던 한수가 58동으로 들어가며 생각했다.

방금 그녀 모습은 마치 신기루 같았다.

개강 첫날부터 경영학원론 강의가 있었다.

1학년 1학기 전공 필수 과목인 만큼 경영학원론 강의실은 신입생들로 빡빡하게 차 있었다.

한수가 들어오자 새터 때 친해진 애들이 하나둘 인사를 걸어왔다.

특히 풋살에서 함께 뛰었던 애들과 유독 분위기가 돈독했다. 그 날 열심히 뛴 덕분에 우승까지 차지한 만큼 일종의 전우애 같은 게 생겨나 있었다.

그러는 사이 교수님이 강의실에 들어왔다.

생각했던 것보다 훨씬 젊은 교수님이었다.

그는 강의실에 들어오자마자 자리에 앉아 있는 새내기들을 훑었다.

그런 다음 환하게 웃으며 입을 열었다.

"다들 고등학교를 졸업하고 처음 대학교에 와서 강의를 듣는 만큼 기분이 낯설고 기대도 많을 거라고 생각합니다. 물론 여기엔 재수생이나 삼수생, N수생도 많을 테지만요."

재킷을 벗어 의자에 걸어두며 교수가 말을 이었다.

"그럼 강의를 시작하기에 앞서 한 가지 공지해 둘 것이 있습니다. 여러분 모두 경영학과에 들어온 만큼 경영학과 경제학에 대해서 기본적인 지식 정도는 함양해 두고 있을 거라 생각합니다. 그런 만큼 매 학기 하는 일이지만 이번 학기도 똑같이 진행하고자 합니다. 새터에서 선배들한테 이야기는 얼추 전해 들었을 겁니다. 맞죠?"

"예."

"그렇습니다."

강의실을 가득 메우고 있는 학생들의 대답에 그는 환하게 웃어 보였다.

"하하, 번거롭게 설명을 늘어놓지 않아도 되니 좋군요. 그래도 혹시 모르는 학생들을 위해 간단하게 설명하겠습니다."

그는 물을 한 컵 마신 뒤 학생들을 둘러봤다.

초롱초롱한 눈빛으로 자신을 보고 있었다.

학생들을 보며 교수가 말을 꺼냈다.

"매년 이맘때면 각종 증권사에서 모의투자대회를 진행하곤 합니다. 여러분도 오늘 강의가 끝난 뒤 집에서 계좌를 개설하고 모의투자를 진행하면 됩니다. 메일로 수강생만 개설 가능한 그룹을 알려드릴 테고요."

웅성거림이 커졌다.

새터 때 선배한테 들어서 이미 아는 내용이다.

그러나 교수 입에서 직접 나오는 이야기다 보니 실감이 확실히 났다.

그때 교수가 재차 말했다.

"개중에서 한 달 동안의 수익률을 계산해서 수익률이 몇 퍼센트냐 여부와는 관계없이 1위를 달성한 학생에게는 출석은 물론 중간고사나 기말고사 성적과 무관하게 학점 A+를 부여할 겁니다."

그 말에 분위기가 부쩍 달아올랐다.

출석은 물론 중간고사, 기말고사 성적에 상관없이 A+ 학점을 받을 수 있다고 한다.

물론 육하원칙에 따라서 레포트를 작성해야 할 뿐만 아니라 왜 그 종목을 선정했고 어떻게 투자를 하였으며 어떤 걸 중요하게 생각했는지 학생들 앞에서 프레젠테이션까지 해야만 했다.

그걸 감안해도 좋은 기회였다.

한수도 눈을 빛냈다.

워낙 변동성이 큰 주식시장이라고 해도 모의투자다.

상대적으로 부담 없이 투자가 가능하다.

게다가 1등만 할 수 있으면 학점 A+가 자동으로 따라온다.

어차피 해야 하는 거라면 1등을 노려보는 것도 나쁘지 않은 일일 터였다.

그렇게 교수의 설명이 있고 난 뒤 원론적인 이야기를 어느 정도 한 이후 강의가 끝이 났다.

강의실이 부산스러워졌고 하나둘 자리에서 일어났다.

그때 한수에게 다가온 애들이 있었다.

"형, 이제 어디 가세요?"

"이따가 강의 또 들어야지. 너넨?"

"1학기는 저희 강의 다 같잖아요. 피시방 가서 시간이나 좀 때우려고요. 형도 같이 가실래요?"

"뭐하게?"

"당연히 히오레죠. 형도 하시죠?"

히어로즈 오브 레전드, PC방 점유율이 30% 가까이 넘어가고 벌써 4년 넘게 1위를 유지 중인 AOS 게임이다.

멋쩍어하던 한수가 고개를 끄덕였다.

그들은 버스를 타고 한국대입구역으로 다시 향했다.

한국대학교는 국내 최고의 대학교이고 모든 게 다 좋지만 딱 하나 단점이 있다면 유흥 시설이 주변에 없다는 점이다.

그나마 가까운 곳이라면 녹두거리가 있는데 사법고시가 폐지되고 다른 고시들도 시들시들해지면서 지금은 유동 인구가 매우 적었다.

그렇다 보니 한국대 학생들이 즐겨 찾는 곳은 한국대학교입구역 주변의 유흥 시설이었고 그곳으로 가려면 버스를 다시 타야 했다.

어쨌든 인원도 딱 알맞게 다섯 명.

"랭겜 할까?"

"일단 일반 겜 몇 판 하고."

"오키. 내가 미드 설게."

"형은 주 포지션이 어떻게 되세요?"

"어, 그게…… 나도 미드긴 한데."

"형도요? 아, 그러면 형이 미드 서세요. 제가 정글 갈게요."

그렇게 버스에서 대화를 주고받는 사이 어느덧 한국대학교입구역에 도착했다.

PC방에 들어온 뒤 그들은 컴퓨터를 켜고 히어로즈 오브 레전드부터 접속했다.

"내 아이디……."

각자 아이디를 이야기했고 친구 추가가 오고 갔다.

대부분 실버 혹은 골드였다.

그런데 조금 전 미드 선다고 한 녀석 계급이 다이아몬드였다.

다이아몬드 5티어였긴 했지만 그래도 상위 2%에 해당하는 실력자였다.

"형, 형 아이디가…… 창문고핵주먹 맞죠?"

"어. 맞아."

"어, 음……."

애들은 한수를 친구 추가한 뒤 저마다 짧은 한탄을 흘렸다.

다이아몬드 5티어보다 보기 힘들다는 그 티어.

그리고 그 날 일반 겜을 몇 판 한 뒤 한수는 포지션을 미드에서 서폿으로 강제 변경할 수밖에 없었다.

첫날은 별일 없이 넘어갔다.

공부도 잘하고 노래도 잘하고 축구도 잘하는 한수가 브론즈 5티어라는 게 알려지며 단톡방에 일대 소란이 일어난 걸 빼면 평범한 하루였다.

그렇게 강의가 끝난 뒤 한수가 집에 도착했을 때는 저녁 무렵이 다 되어서였다.

일단 하나도 쓰지 못한 피로도부터 쓸 생각에 텔레비전을 켠 한수는 대한 경제 TV에서 나오는 주식 관련 방송을 보기 시작했다.

그렇게 대략 열 시쯤이 되었을 때였다.

저녁 늦은 시간에 문자 한 통이 도착했다.

한수가 휴대폰 메시지를 확인했다.

-안녕하세요. 「자급자족 in 정글」 팀입니다. 이번 특집 촬영을 함께 할 수 있어서 정말 기쁘게 생각합니다. 건강 잘 챙기시고 조만간 기획안 관련해서 연락드리겠습니다. 촬영에 지장 없게 준비 잘 해주세요!

「자급자족 in 정글」 특집편 촬영이 최종 확정된 것이었다.

다음 날 빽빽하게 들어찬 강의 덕분에 한수는 새벽에 일어나 텔레비전을 본 뒤 학교로 향해야 했다.

그래도 희소식이 하나 있다면 대한 경제 TV도 15%의 경험치를 쌓는 데 성공하며 등급 심사 조건이 열렸다는 점이었다.

그렇게 등급 심사 조건이 열리면서 동시에 퀘스트가 나열됐다.

[태원경제 TEST에서 우수 이상의 성적을 확보하세요.]

[경영학과 경제학 관련 저서 20권을 읽으세요.]

[모의투자대회에 참가해서 월간 수익률 10% 이상을 기록하세요.]

한수가 선택 가능한 퀘스트는 모두 세 가지였다.

개중에서 눈길을 잡아끈 건 모의투자대회에 참가해서 수익률 10% 이상을 기록하는 것이었다.

지난번 경영학원론 강의 때 교수님이 내준 과제와 일맥상통하는 부분이 있었다.

한수는 텔레비전을 끄고 컴퓨터를 켰다. 그리고 메일을 확인했다. 태원 증권사에서 진행 중인 모의투자대회에 한국대학교 경영학원론 월요일 강의반으로 개설이 되어 있었다.

태원 증권은 국내 굴지의 증권사 중 하나로 매년 모의투자대회를 여는 곳이기도 했다.

이 모의투자대회는 개인끼리 참여할 수도 있고 혹은 비공개 집단으로, 그 집단 내 구성원끼리만 겨루는 것도 가능했다.

가상 계좌에는 자본금 1,000,000원이 주어져 있었다.

'이 돈으로는 창진 전자 1주도 못 사겠네.'

모의투자는 간단했다.

자신이 원하는 종목 최대 다섯 가지. 그 다섯 가지 주식을 사서 단기든 장기든 투자로 최대한의 수익률을 만드는 것이었다.

그때였다.

알림이 떠올랐다.

[연계 퀘스트를 발생시킬 수 있습니다.]

[연계 퀘스트를 발생시킬 경우 더 나은 보상을 획득 가능합니다.]
[한국대학교 경영학원론 모의투자 대회에 참가해서 1등을 하고 수익률을 10% 이상 기록하세요.]
[수익률이 10% 이상 상승할 때마다 추가 보상을 획득 가능합니다.]

한수는 침을 꿀꺽 삼켰다.

연계 퀘스트라는 게 존재하는지도 몰랐다.

하지만 연계 퀘스트에 대한 보상은 그만큼 훌륭했다. 그러나 한편으로는 불안하기도 했다.

어느 날 갑자기 이 능력이 사라지면 어떻게 해야 할까 하는 막연한 두려움.

할머니도 이 텔레비전으로 능력을 얻었을까?

그런 것 같진 않았다.

그렇다면 어느 날 갑자기 능력을 잃었을까? 만약 잃었으면 왜 이 텔레비전을 신줏단지처럼 모시고 있던 것일까.

그러나 알아볼 곳이 없었다. 할머니는 이미 돌아가셨고 할아버지도 이에 대해선 딱히 아는 게 없는 상황.

막연하게 채널 마스터가 된다면 어떻게 된 일인지 알 수 있지 않을까 생각할 따름이었다.

강의가 끝나고 한수가 향한 곳은 도서관이었다.

한국경제 TV 관련 경험치를 15% 넘게 쌓긴 했지만, 여전히 부족함이 있는 게 사실이었다.

특히 모의투자대회에서 높은 수익률을 기록하기 위해서는 공부가 필수적이었다.

명성을 더 쌓아서 휴대폰으로 TV를 볼 수 있게 되기 전까지 현재로서는 이게 최선이었다.

학교에 오면 피로도를 쓸 방법이 전무했기 때문이다.

다음 강의가 시작하기 전까지 공부하겠다고 생각하며 일단 경영학 관련 서적부터 빌렸다. 그 이후 한수는 열람실에 앉아 책을 정독하기 시작했다.

대한 경제 TV를 보며 쌓인 배경지식 덕분에 어렵지 않게 책 내용을 이해할 수 있었다.

그렇게 한 시간 정도가 지났을 무렵 한수는 화장실에 갔다 올 겸 자리에서 일어났다.

도서관 열람실 안은 사람들로 북적이고 있었다.

그들 모두 각자의 꿈을 위해 아침 일찍부터 노력 중이었다.

그렇게 화장실에 들렸다가 잠시 휴게실에서 휴대폰을 확인했다.

엄청 많은 카톡 메시지가 쌓여 있었다.

단톡방 메시지가 많았다. 길벗반 뿐만 아니라 새터 때 가입했던 축구 동아리 「투지」 그리고 자원봉사동아리 「나눔」도 있었다.

「투지」는 워낙 한수가 축구를 좋아하고 또 직접 뛰는 것도 즐겨 하는 만큼 가입했다.

반면에 「나눔」은 지난번 과외 사건 때 느낀 일이 많아서였다.

누구는 월 천만 원 혹은 그 이상을 과외비로 선뜻 내지만 누군 공부하고 싶어도 그러지 못할 때가 있다.

한수는 텔레비전을 통해 얻은 능력으로 누군가를 돕고 싶었고 재능기부를 통해 저소득층 아동의 공부를 도와줄 생각이었다.

너무 많이 쌓여 있는 메시지는 대충 넘긴 뒤 한수는 다시 도서관 열람실로 돌아왔다. 이따 집에 돌아가면서 천천히 읽어 볼 생각이었다.

그렇게 열람실로 돌아왔을 때였다. 방금 전까지 앉아 있던 자리에 의외의 물건들이 놓여 있었다.

의자 위에 놓여 있는 가방과 경영학 저서를 보면 자신의 자리가 분명한데 그 위에 일곱 개의 커피 캔과 곱게 접힌 쪽지들이 가지런히 놓여 있었다.

'음, 내 자리는 맞는데…….'

자리에 앉은 다음 한수는 쪽지를 확인했다.

아까 공부하는 모습 보다가 제 이상형이셔서 쪽지 남겨요. 커피 맛있게 드시고 열공하세요.♥ ♥ ♥

다른 쪽지도 확인했다.

이따가 강의 끝나고 저녁 함께 드실래요? 제 연락처는 010-XXXX-XXXX
이에요. 꼭 연락해 주세요. ♥

쪽지 내용은 대부분 비슷했다.
이상형이다.
호감이 있다.
같이 밥 먹자.
등등.
개중에는 특별한 쪽지도 존재했다.

지난번 홍대에서 버스킹 정말 잘 들었어요. 노래 너무 잘하세요! 제가
팬 1호 해도 되죠? 이건 소소하지만, 그날 답례에요. 앞으로도 좋은 노래
많이 들려주세요. ^^

일단 쪽지는 가방에 넣어둔 다음 커피 캔을 어떻게 처리해
야 하나 고민에 빠졌다. 한두 캔이면 그냥 마셔 버리면 그만
이지만 그러기엔 너무 많이 쌓여 있었다.
슬쩍 주변을 돌아보니 다들 자신을 쳐다보고 있었다.
한수는 얼굴을 붉혔다. 그리고 그는 머쓱한 얼굴로 가방에

커피 캔을 담았다. 그리고 모르는 척 다시 경영학 관련 책을 집중해서 읽고 있을 때였다.

알림이 떴다.

[한국경제 TV에 대한 경험치가 1% 쌓였습니다.]

한수는 입가에 미소를 그렸다.

텔레비전을 볼 때보다는 확실히 느리지만 그래도 경험치는 차곡차곡 쌓이고 있었다.

그렇게 경험치 쌓이는 재미를 느끼며 책을 읽고 있는 사이 옆에서 인기척이 났다.

비어 있던 자리에 누군가 앉고 있었다.

한수는 대수롭지 않은 얼굴로 계속해서 책을 읽었다. 그때 옆자리에 앉은 사람이 어깨를 두드렸다.

"형, 무슨 책 읽고 계세요?"

고개를 돌려보니 같은 길벗반 동기 녀석이 와 있었다.

"이건 경영의 두뇌라고……. 여긴 어쩐 일이야?"

"강의 전까지 책 좀 읽으려고요. 형도 계실 줄은 몰랐어요."

"그래?"

"형도 이따가 오후 세 시에 강의 있으신 거 맞죠? 같이 들으러 가요."

"그래."

한수는 다시 책 읽기에 집중했다.

동기도 주변을 둘러보곤 자신이 가져온 책을 읽기 시작했다.

그러는 사이 또 시간이 훌쩍 지났고 오후 두 시 무렵이 되었다.

"저 담배 좀 피우고 올게요."

동기 말에 한수도 자리에서 일어났다.

벤치에 앉아 있을 때 담배를 다 태운 동기가 다가와서 물었다.

"도서관에 와 있으실 줄은 몰랐어요."

"왜?"

"개강한 지 이제 이틀째잖아요. 캠퍼스 라이프도 즐겨야죠!"

"캠퍼스 라이프? 왜? 소개팅이라도 들어왔어?"

"역시! 눈치도 빠르시다니까. 네, 근데 형 무조건 끼고 하자
고 제의가 왔어요."

한수가 당혹스러운 얼굴로 물었다.

"아니, 개강 이틀째인데 어디서 연락이 왔대?"

"어, 그게……."

머뭇거리던 동기가 멋쩍게 웃으며 말했다.

"한빛반 애들이요."

"뭐? 한빛반?"

"네, 어때요? 생각 있으시죠?"

"음, 생각해 보고."

그 뒤 한수는 다시 책 읽기에 집중했다.

그러는 사이 시간이 훌쩍 지났다. 옆에 앉아 있던 동기가 한수를 툭툭 쳤다.

"형, 바람 좀 쐬고 와요."

"어? 그래. 그러자."

마침 화장실도 급했기에 한수도 바깥으로 나왔다.

화장실을 다녀오자 동기가 한수에게 다가와서 물었다.

"소개팅 승낙하시는 거죠?"

"언젠데?"

"다음 주 화요일요. 점심 먹고 나서 보기로 했어요. 한 시간 정도? 경영관 카페에서 보려고요."

"지나다니는 사람들도 많을 텐데? 정말 하려고?"

"아, 혀어엉. 부탁해요. 네? 걔네가 형 안 데려오면 안 한다고 그랬다니까요."

"알았다. 난 어디까지나 얼굴마담 역할인 거 알지?"

"왜요? 형은 연애 안 하세요?"

한수가 여자 친구가 현재 없다는 건 다들 알고 있는 사실이다. 서윤이가 호감을 몇 차례 보이긴 했지만, 그녀하고 무작정 이어진다는 보장도 없다.

"연애는 무슨. 생각 없어. 그런데 공짜로 형을 부려 먹을 생각인 건 아니겠지?"

"······뭐든 시키시죠. 성실하게 수행하겠습니다."

두 사람은 잡담을 끝내고 다시 도서관에 돌아왔다. 그리고 한수는 자신의 자리에 수북하게 쌓여 있는 커피 캔을 보곤 한숨을 길게 내쉬었다.

그걸 본 동기가 눈을 휘둥그레 떴다.

"와, 대박. 형 이거 사진 좀 찍어도 되죠?"

한수가 손사래를 쳤다. 또 이런 게 단톡방에 올라왔다가는 단톡방이 떠들썩해질 게 분명했다.

한수가 화제를 돌렸다.

옆에 앉아 있던 동기 녀석의 책상 위에도 분홍색 겉표지의 쪽지가 하나 놓여 있었다.

"됐어. 사진은 무슨. 야, 너도 쪽지 왔네."

"어? 그러게요? 와, 이거 제 거 맞죠?"

"그래. 딱 봐도 네 책상에 있네."

동기가 뿌듯한 얼굴로 곱게 접힌 쪽지 한 장을 집어 들었다.

"나 먼저 좀 갈게. 이따가 강의실에서 보자."

"예, 형."

한수는 커피 캔과 쪽지들을 몽땅 가방에 몰아넣었다. 그러자 가방이 꽤 묵직해졌다.

쪽지는 보관한다고 쳐도 이 많은 커피를 다 마실 수는 없는 일이었다.

아무래도 이따 수업 시작하기 전에 동기들에게 하나씩 나눠줘야 할 것 같았다.

한수가 그렇게 먼저 강의실로 향했을 때였다.

뒤따라서 짐을 챙기던 동기가 곱게 접힌 쪽지를 확인했다.

'오늘 처음 뵙네요. 우연인지, 인연인지. 한번 읽어 보고 연락 부탁드려요.'

분홍색 겉표지에 오밀조밀한 글자가 담겨 있었다.

그는 환하게 웃으며 벤치에 앉아 사진을 찍었다. 그런 다음 17학번 남자 단톡방에 사진을 공유했다.

-방금 도서관에서 쪽지 받음 ㅋㅋ 부럽?

-대박…….

-그거 ㄹㅇ? 실화임?

-야. 니가 니한테 쪽지 보낸 거지? ㅡ.ㅡ

-여자 얼굴은 봄? 어때? 예쁘냐?

-개부럽다. 내일부터 나도 중도가서 공부한다.

한수 동기가 단톡방에 톡을 남겼다.

자신은 별거 아니었다.

-말도 마. 한수 형은 커피에 쪽지에 한 열 통 넘게 받았을걸? 나 순간 놀랐잖아. 무슨 책상 위에 커피가 수북이 쌓여 있을 수 있냐고 ㅋㅋ

-한수 형이니까 가능한 일이지. 하, 그 형은 못하는 게 없

나 보다 진짜.

─못하는 게 없긴. 어제 단톡에 올렸잖아.

─어? 뭔데? 대충 넘겨서 잘 못 봤걸랑.

─올려 보셈 ㅋㅋ 빵 터질걸.

─와…… 이 형 진짜 브론즈 5야? 대박.

한수 동기는 단톡방을 확인하다가 누군가 남겼을 쪽지를 펼쳤다.

그 안에 아마 연락처와 이름, 그리고 언제 만나자 등의 내용이 담겨 있으리라. 그러나 쪽지 안을 확인한 뒤 그는 똥 씹은 얼굴로 인상을 구겼다.

"시파."

쪽지 안에는 성경 구절과 함께 이런 글귀가 자필로 남겨져 있었다.

'그는 바로 예수님입니다.'

강의실로 돌아와서 가방을 내려놓고 나서야 한수는 무거운 짐을 덜어낼 수 있었다.

쪽지는 이걸 써서 건넨 사람들의 정성이 있는 만큼 가져갈 생각이었다. 그러나 커피는 다른 애들한테 건네줄 생각이었다. 다 가져간다고 해서 보관할 곳도 없었다.

"커피 마실 사람?"

한수 말에 애들이 쫄래쫄래 몰려들었다.

가방 안에 수북이 담겨 있는 커피 캔을 보며 애들이 웃으며 물었다.

"아까 도서관에서 받은 거예요?"

"응. 다 마시고 싶은데 그러자니 너무 많아서 나 혼자 먹기엔 어려울 거 같다. 아깝게 버리기보다는 너네 나눠주는 게 더 나을 거 같아서."

"고마워요, 오빠. 잘 마실게요."

"형, 잘 마실게요."

가득 찼던 가방 안이 금세 홀쭉해졌다.

남아 있는 건 스무 장이 약간 안 되는 쪽지뿐이었다.

한수도 커피를 마시며 강의가 시작하길 기다릴 때였다.

아까 전 도서관에서 함께 있었던 동기 녀석이 들어왔다.

한수가 녀석을 보며 물었다.

"연락처는 받았어?"

그런데 녀석의 표정은 침울하기 이를 데 없었다.

"왜 그래?"

"……말도 마요. 하, 시파. 예수는 개뿔."

"응? 뭔 말이야?"

"별거 아니에요."

그러는 사이 교수님이 들어왔다.

세 시간짜리 길고 긴 강의가 이어졌다.

한수는 집중해서 강의를 들었고 그럴수록 대한 경제 TV에 대한 경험치도 조금씩이지만 꾸준히 쌓이고 있었다.

강의가 끝난 뒤 한수는 지친 얼굴로 집으로 향했다.

첫 주엔 보통 오리엔테이션만 하는 줄 알았는데 세 시간 동안 딱 십 분 쉬고 풀로 강의를 때려 버릴 줄은 생각지도 못했다.

그렇게 집에 돌아와서 씻고 난 뒤 피로도를 쓸 준비를 하고 있을 때였다.

잠깐 샤워하고 오는 사이 단톡방이 시끌벅적했다.

벌써 백 개가 넘는 톡이 쌓여 있었다.

한수는 머리카락을 수건으로 털며 아직 읽지 않은 톡을 확인했다.

그러나 톡을 확인할수록 한수 얼굴이 딱딱하게 굳었다.

ㅡ서윤 언니 단톡방 왜 나간 거예요?

ㅡ서윤 언니 휴학한 거 사실이에요? ㅠ.ㅠ

ㅡ뭐야? 이게 무슨 일인데? 갑자기 뭔 일이야?!

ㅡ무슨 일이에요? 언니가 갑자기 왜요?!

ㅡ새터에도 안 나오셨잖아요. 무슨 일이래요?

ㅡ이 마녀…… 아니, 서윤이가 지병이 있는데 그게 재발한 모양이야. 그래서 미국에 가서 치료받고 온대. 그 정도로만 알아둬.

길벗반 4학년 선배 말에 단톡방 분위기가 침울해졌다.

—많이 아프신 거 아니죠? ㅠㅠ

—언니가 꼭 밥 얻어먹으러 오랬는데…….

—미국 어디로 가시는 건가요?

—어디가 아픈 건데요?

—그것까지는 알 거 없고. 정 걱정되면 쾌유 문자라도 한 통 보내주든가.

한수는 망연자실한 얼굴로 휴대폰을 떨어뜨렸다.

믿어지지 않았다.

어제 봤을 때 살짝 야윈 것 같아서 걱정되긴 했지만 휴학하고 미국까지 갈 정도일 줄은 몰랐다.

한수는 휴대폰을 다시 쥐어 들었다. 그리고 곧장 전화 버튼을 눌렀다.

신호가 가고 얼마 지나지 않아 익숙한 목소리가 들렸다.

—오빠, 이 시간에 어쩐 일이세요?

"너…… 미국 가는 거 사실이야?"

—치, 그거 이야기하지 말랬는데. 상철 오빠가 이야기했어요?

"어. 어떻게 된 거야? 많이 아픈 거야?"

서윤이가 한수 말에 밝은 목소리로 대답했다.

—아뇨. 저 엄청 씩씩하다니까요? 걱정 안 해도 돼요. 내년이면 복학할 수 있을 거예요.

"……정말이지?"

－그럼요. 원래 휴학할 생각은 없었는데 방학마다 틈틈이 갔다 오기는 여러모로 힘들어서 아예 제대로 치료받고 오려고요. 그러니까 내년에 봐요.

"아직 선배한테 밥도 못 얻어먹었는데 너무한 거 아니야? 악착같이 달라붙어서 밥 사달라고 하라며?"

－……미안해요. 내년에 꼭 와서 밥 사줄게요.

"알았어. 내년에 봐. 기다리고 있을게."

－치. 기다리는 말은 쉽게 하는 게 아니랬는데…… 내년에 봐요, 오빠. 그리고 전화해 줘서 고마워요.

전화가 끊긴 뒤에도 한수는 휴대폰을 계속 들여다봤다.

그러나 지금 자신이 할 수 있는 일은 아무것도 없었다.

묵묵히 응원할 뿐이었다.

다음 날 아침 비행기로 서윤이는 떠났다.

떠나기 전 그녀 얼굴을 보고 싶었지만 이미 비행기는 이륙한 지 오래였고 휴대폰 번호는 존재하지 않았다.

그래도 한수는 그녀가 미국으로 떠나기 직전 마지막으로 만난 게 자신이라는 걸 알 수 있었다.

새터를 가기 전부터 그녀는 활발하던 연락도 끊은 채 사실상 칩거하다시피 하고 있었던 것이다.

처음 며칠은 단톡방 분위기가 우중충했다.

하나 첫 주가 지나고 강의가 시작되자 다들 바빠졌다.

한수 역시 산더미처럼 쌓인 리포트 과제로 인해 잠을 줄여 가며 텔레비전을 보고 있었다.

그렇게 하루가 끝나기 전에 피로도를 전부 다 쓴 한수는 그제야 기지개를 켰다.

어차피 십 분 뒤 다시 피로도가 새로 차오르겠지만, 조금이라도 쉬고 싶었다.

한수는 컴퓨터 앞으로 가서 앉은 다음 태원증권HTS(Home Trading System)에 접속했다. 그가 하고 있는 모의투자는 순조롭게 진행되어가고 있었다.

한 개 종목은 하락세였지만 다른 종목들이 크게 상승하며 수익률을 부쩍 올려주고 있었다.

화요일 경영학원론 반에서도 한수는 다른 애들에 비해 조금 더 앞서가는 중이었다.

한수는 재차 알림을 확인했다.

연계 퀘스트가 발동하며 수익률에 따라 보상이 바뀌게 되었다.

그리고 현재 확인 가능한 보상은 수익률이 10%를 넘었을 때와 20%를 넘었을 때의 경우, 두 가지였다.

우선 10%를 넘었을 때 보상은 새로운 채널 확보권을 얻게 되는 것이었다.

등급 심사 조건을 통과한 것으로 간주되며 별거 없는 평범한 보상이었다.

그러나 20%를 넘을 경우, 피로도 1을 추가로 더 얻는 게 가능했다. 요샌 시간이 워낙 없다 보니 피로도를 다 써먹기도 힘든 게 사실이지만 그래도 피로도 1을 추가로 얻는다는 건 여러모로 좋은 일이었다.

문제는 30%, 40%, 50%를 넘길 경우 각각 주어지는 추가 보상을 알 수 없다는 점이었다.

아마도 그 보상들은 그에 걸맞은 수익률을 올릴 때 공개되는 듯했다.

한수는 다시 한번 투자 종목을 확인하며 매일 주가가 어떻게 변하는지도 체크했다.

만약 1등을 하게 된다면 리포트를 쓰고 프레젠테이션으로 발표도 해야 했기 때문에 기초적인 자료 조사는 필수적이었다.

그러나 몇몇은 수익률이 마이너스가 되자 흥미를 잃은 듯 접속도 제대로 하지 않는 경우가 잦았다. 한국대 학생이라고 해서 다들 학구열에 불타는 줄 알았지만 그렇지 않은 경우도 있긴 있는 모양이었다.

한수에게는 오히려 경쟁자가 줄어든 만큼 두 팔 벌려 환영할 일이긴 했지만.

한 달은 훌쩍 지났다.

한수는 수익률을 확인했다.

그의 모의투자 월간 수익률은 47.1%였다.

이 정도면 개인 모의투자대회에 나갔어도 충분히 상위권에 들 수 있을 만큼 높은 수익률이기도 했다.

그렇게 한 달이 끝나갈 무렵, 경영학원론 강의에서 첫 번째로 A+ 받는 학생이 나오게 된 날 한수는 기적적으로 50% 수익률을 넘길 수 있었다.

"좋았어!"

계속 하락세였던 종목이 상승세로 돌아서며 수익률이 상승했고 마의 50% 벽을 넘는 데 성공한 것이었다.

알림이 떠오르자마자 한수는 눈을 감았다.

30%를 넘길 경우 주어지는 보상은 채널 확보권 1개였다.

「다큐멘터리」채널을 확보하기 위해 그 전에 한수가 얻어야 하는 채널은 모두 두 개.

「유아」그리고「애니메이션」

그 두 가지 채널 중 하나를 확보할 수 있는 방안이 마련된 셈이었다.

그러나 30%에 해당하는 보상이 그 정도인 걸 알게 되자 그 이상이 자연스럽게 궁금해졌다.

40%를 넘는 보상은?

50%를 넘겼을 때 받는 보상은 뭘까?

그랬기에 한수는 계속해서 HTS에 접속해서 종목을 신중하게 확인했고 매도 타이밍을 고르고 있었다.

"40%를 달성했을 때 보상도 나쁘진 않았어."

한수는 혼잣말로 중얼거렸다.

수익률이 40%를 넘겼을 때 보상으로 주어진 건 채널 확보권 1개와 피로도 1이었다. 확실히 군침이 돌만큼 매력적인 제안임이 분명했다.

그러나 오히려 한수는 오기가 생겼다.

기필코 50%를 넘기겠다고 다짐했다.

다른 이유를 떠나서 그것을 이뤘을 때 주어지는 보상이 더 궁금했기 때문이다. 그리고 주어진 보상은 한수가 생각했던 것 이상이었다.

[월간 수익률 50%를 달성하였습니다.]
[상위 카테고리 확보권을 획득하였습니다. 원하는 상위 카테고리 1개를 얻을 수 있습니다.]

상위 카테고리 확보권.

현재 한수가 확보하고 있는 카테고리 바로 위의 영역, 「다큐멘터리」, 「교양」, 「오픈」 그리고 「유료」 카테고리 가운데 하나를 확보할 수 있는 권리를 의미했다.

한수는 주저 없이 자신이 원하는 카테고리를 골랐다.

일말의 망설임도 없었다.

「다큐멘터리」, 개중에서도 그가 고른 채널은 177번 「Discovery」였다.

중간고사 기간이었다.

도서관 열람실 안은 공부하는 학생들로 조용하기만 했다.

한수도 그들 틈에 껴서 중간고사 준비에 박차를 가하고 있었다.

어느덧 4월도 끝나가고 있었고 곧 있으면 5월이었다.

조금 있으면 학교 축제가 있고 축제가 끝난 뒤에는 기말고사가 있었다. 기말고사가 끝나고 7월 초 그 무렵 「자급자족 in 정글」 촬영을 하게 될 게 분명했다.

한수는 며칠 전 「Discovery」 채널을 얻긴 했지만, 중간고사 때문에 텔레비전을 볼 시간이 없었다.

그래도 대한 경제 TV 같은 경우 그동안 꾸준히 본 덕분에 적지 않은 경험치를 쌓을 수 있었다.

하지만 몇몇 채널은 소홀히 할 수밖에 없었다.

특히 「EBS PLUS 1」 같은 경우 근래 본 적이 거의 드물 정도였다. 「퀴진 TV」도 찾아보지 못하고 있었으니 그럴 만했다.

"형, 시험은 잘 봤어요?"

"그럭저럭? 너는 어때?"

"저야 죽을 맛이죠. 휴, 진짜 너무 어렵게 나온 거 같아요. 이번 경영학원론도 문제 엄청 까다롭게 나왔더라고요. 아, 형은 시험 안 봤죠?"

"그러게. 하하."

한수가 환하게 웃었다.

모의투자대회에서 한수는 1등을 차지했고 덕분에 시험에서 면제되며 A+를 자동적으로 받게 됐다.

동기 녀석이 툴툴거렸다.

"그럴 줄 알았으면 저도 좀 더 열심히 할 걸 그랬어요."

"그러게. 그보다 이번에 축제는 어떻게 진행한대?"

한국대학교 축제에 가면 바보라는 이야기가 있을 만큼 재미없다는 말이 많았다.

그러나 그것도 옛말이 된 지 오래다.

한국대학교 축제는 매년 봄과 가을, 두 번 열리는데 그때마다 한 가지 컨셉을 정해놓고 그 컨셉에 맞게 축제가 진행된다. 초대 가수 또한 그 컨셉에 최대한 부합되는 가수로 부른다.

저예산으로 운영되기 때문에 잘나가는 아이돌을 부르는 건 아니지만, 대학생다운 축제라고 할 수 있다.

특히 축제가 열리면 학생들이 가장 좋아하는 건 본부 앞 넓

은 잔디밭에 설치되어 있는 대형 트럼플린이다. 이는 한국대
학교 마스코트라고 할 만했다.

그밖에 몇몇 학과와 동아리가 여는 장터가 있는데 다양한
먹을거리를 팔게 된다.

"우리 학과에서도 장터를 열 예정인가 봐요. 그래서 요리
잘하는 신입생을 뽑는 중인데 누가 형을 추천했나 봐요."

"나를?"

"예, 형 요리 잘한다고 기사 뜬 적 있었다던데요?"

성욱 형이 운영하는 미라클 PC방에서 잠깐 아르바이트를
할 때 몇몇 기자가 거기까지 찾아온 적이 있었다.

뒤를 밟힌 거였는데 그때 잠깐 기사가 한두 줄 나돈 적이 있
었다.

그런데 또 용케 그 기사를 찾아본 사람이 있던 모양이다.

그때 한수는 퀘스트 목록을 확인했다.

개중에는 학교 봄축제에 참가하는 것도 있었던 걸로 기억
한다. 그리고 퀘스트를 완료했을 때 받는 보상 가운데 「경험
치 2배」도 있었다.

마침 「Discovery」채널에 대한 경험치를 더 빨리 쌓아야 할
필요도 있었기 때문에 축제에 참가해서 요리하는 것도 나쁘
지 않을 것 같았다.

그때 휴대폰 문자가 도착했다.

「자급자족 in 정글」 제작진에게서 온 문자였다.

-중간고사는 잘 보고 있으시죠? 다음 주쯤 시간 가능하실까요? 이번 특집편 촬영 기획안이 나왔어요. 그와 관련해서 한수 씨하고 이야기를 좀 했으면 합니다.

생각해 보니 「자급자족 in 정글」 촬영까지 남은 시간은 두 달 남짓.

처음으로 직접 방송 촬영을 하는 날.

그 시간이 성큼성큼 다가오고 있었다.

교수가 흥미로운 눈길로 한수를 바라보고 있을 때였다.

따로 조를 꾸리고 있던 사람 중 한 명이 교수를 향해 손을 번쩍 들어 보였다.

"무슨 일이죠?"

"저 죄송하지만…… 한수 형은 모든 시험이 면제된 걸로 아는데요. 그러면 이번 조별과제도 참가하지 않는 게 맞지 않나요?"

"아, 제가 그랬던가요?"

"예. 모의투자를 하기 전, 1등 하는 사람은 중간고사, 기말고사 성적과 무관하게 A+를 주신다고 하셨었습니다."

교수 얼굴에 낭패가 어렸다.

곰곰이 고민하던 그가 한수를 보며 물었다.

"한수 군은 어떻게 생각하죠? 저 학생 말도 일리가 있긴 있네요. 저는 한수 군의 의견을 전적으로 수용토록 하겠습니다."

한수가 즉각 대답했다.

"그럼 저는 이번 조별과제는 빠지겠습니다."

"……정말인가요?"

"예, 물론입니다."

한수가 냉큼 고개를 끄덕였다.

한수는 지난번 다녔던 대학교에서 조별과제를 해본 경험이 있었다. 그리고 한수는 조별과제가 끝난 뒤 이를 박박 갈아야 했다.

조원들은 걸핏하면 연락이 두절 되는 건 일상이었고 만나자고 했는데 아무도 나오지 않아 한수 혼자 카페에 우두커니 앉아 기다린 적도 있었다.

문제는 발표 후 성적이 나왔을 때였다. 기대 이하의 성적이 나왔고 그러자 욕받이가 된 건 조장 역할을 맡았던 자신이었다.

준비를 제대로 하지도 않은 자기들 생각은 안중에도 없고 발표를 못했다고 조장의 책임으로만 몰아갔다.

그날 이후 한수는 다짐했다.

조별과제는 가급적 하지 않겠다고, 만약에 정 해야 한다면 결석 자주 하는 애들로만 골라 뽑아서 학점이 어떻게 나오든 신경 쓰지 말라고 미리 이야기할 것이다.

그 뒤 혼자 해결하는 게 나았다.

교수가 다른 학생들을 돌아보며 물었다.

"음, 한수 군은 조별과제에 참여하고 싶지 않다고 하는데 여러분 생각은 어떤가요?"

웅성거림이 커졌다.

그리고 주변을 둘러보며 속닥거리기 시작했다.

"참가해야 맞지 않을까요? 예외를 둬선 안 된다고 봅니다."

그러나 그 의견은 소수였고 다수에 의해 묵살 됐다.

다수의 의견은 달랐다.

한수 조에 들어갈 확률은 8분의 1이다.

그러나 한수 조에 들어가지 못하는 확률은 8분의 7이다.

현재 한수는 다른 학생들에 비해 경영학과 경제학에 대한 지식을 폭넓게 갖고 있었다. 그런 만큼 한수가 속하게 되는 조는 다른 조보다 훨씬 더 월등한 실력을 보여줄 게 분명했다.

그럴 바에는 차라리 한수를 빼고 경쟁하는 게 더 나았다.

의견이 모아 졌다.

"그럼 한수 군은 이번 조별과제에서 빠지는 걸로 하죠."

"감사합니다, 교수님."

어부지리 격으로 조별과제에서 제외되는 행운을 얻었다.

한수가 입가에 미소를 그렸다.

사실 한수도 입이 근질거리고 있었다.

모의투자에서 기껏 1등을 했는데 그렇게 싫어하는 조별과제까지 해야 하나 생각하고 있었다.

그래서 손을 들고 이야기하려 할 때 누군가 먼저 나선 것이었다.

차마 자신이 직접 이야기하기엔 교수님 눈치가 보였고 또 자기 얼굴에 금칠하는 것 같았기 때문이다.

어쨌든 일이 잘 풀리며 조별과제에서 배제된 만큼, 한수에게 있어서 오늘 하루는 그야말로 최고의 하루였다.

한편, 중간고사가 끝난 뒤 한수는 IBC로부터 재차 연락을 받을 수 있었다.

한수한테 다시 연락해 온 건 「자급자족 in 정글」팀 작가 한효민이었다.

-한수 씨, 통화 가능하세요?

"예, 가능합니다. 무슨 일이세요?"

-촬영이 두 달 정도 남은 건 알고 계시죠?

"알고 있어요."

―요번에 기획안이 나왔거든요. 기본 회의는 이미 끝났고요. 이제 일반인 참가자분들도 모시고 전체 회의 한번 진행하려 해서요. 이것저것 테스트도 좀 해봐야 하고요. 어떻게 에피소드를 뽑아낼지 구상해야 하거든요. 하루 정도 시간 비워주실 수 있을까요?

결국, 간단히 이야기하면 모의촬영을 한번 해보고 싶다는 것이었다.

일반인 참가자들은 최종적으로 다섯 명이 뽑혔지만, 제작진 측에서는 아직 그들에 대해 제대로 아는 바가 없다.

물론 지원서에 양식대로 상세하게 적어서 제출하긴 했지만 그걸 두 눈으로 직접 본 건 아니기 때문이다.

결국, 그걸 한번 검토해 보며 어떤 식으로 이야기를 만들어 갈지 논의해 보고 싶다는 것이었다.

한수가 물었다.

"제가 언제 가면 되죠?"

―이번 주 금요일 오후 두 시부터 회의가 있을 거예요. 시간 맞춰서 와주실 수 있을까요?

금요일 오후 두 시는 별일이 없지만, 오후 네 시부터 여섯 시까지 두 시간짜리 강의가 하나 있다.

그동안 출석은 단 한 차례도 빠지지 않았지만 아무래도 이번 한 번은 결석해야 할 것 같았다.

금요일 오후 한 시 사십 분.

한수는 지난번처럼 IBC 사옥에 도착한 뒤 방문증을 끊고 예능국이 있는 6층으로 향했다.

6층에 도착한 뒤 한수는 곧장 「자급자족 in 정글」팀을 찾았다. 그리고 회의실에서 「자급자족 in 정글」의 제작진을 만날 수 있었다.

"어서 와요, 오는 데 불편한 건 없었죠?"

여전히 부담스러운 눈빛을 보내는 송 작가가 환하게 웃으며 한수를 반겼다.

"하여간 송 작가는 유독 젊은 친구한테 약하다니까? 아니, 이 친구라서 약한 건가? 하하, 오느라 고생 많았어요."

"감사합니다. 어?"

고개를 꾸벅 숙이던 한수는 박 PD 옆에 앉아 있는 남자를 발견했다.

그도 한수를 보곤 자리에서 일어나며 손을 내밀었다.

"반가워요. 장철만이에요."

"처음 뵙겠습니다. 저는 강한수라고 합니다. 그리고 예전부터 존경했습니다."

한수가 허리를 직각으로 숙이며 그의 손을 마주 잡았다. 철만을 보는 한수의 눈동자에는 흠모가 가득 담겨 있었다. 비록 어깨까지밖에 안 오는 작은 키지만 그는 충분히 인정받아 마땅한 거인이었다.

벌써 5년째 「자급자족 in 정글」에 출연 중인 그는 적지 않은 나이에도 꾸준한 자기관리를 통해 이 프로그램을 이끌어 나가고 있었다.

그만큼 「자급자족 in 정글」에 대한 열정이 엄청나다는 의미였다.

실제로 그가 「자급자족 in 정글」을 위해 딴 자격증만 수십 개가 넘을 정도였다.

"그래요? 이거 사인이라도 한 장 해줘야겠네요."

"그럼 정말 감사하죠."

장철만이 쓱쓱 A4 용지에 사인을 하고 있을 때였다.

앳된 여자애 두 명이 회의실 안으로 들어왔다.

"지민 씨, 희연 씨 왔어요?"

"아직 안 늦었죠?"

"안 늦었어요. 인사 나눠요. 여기는 우리 프로그램 맏형 철만 씨, 여기는 같이 일반인 자격으로 참가하게 된 한수 씨예요."

송 작가의 소개에 그녀들이 고개를 꾸벅 숙였다.

"인주여대 17학번 김지민입니다."

"창덕여대 17학번 정희연이에요."

그 이후 줄지어 두 명이 더 도착했다.

그들 모두 올해 대학교에 입학한 새내기였다.

남녀 한 명씩이었는데 남자애는 연신대에 재학 중이었고 여자애는 한찬대에 다니고 있었다.

일반인 참가자는 남자 두 명에 여자 세 명, 모두 다섯 명이었다.

그렇게 오후 두 시가 되었을 때 박 PD가 웃으며 말을 꺼냈다.

"일단 일반인 참가자분들이 모두 모였으니 슬슬 시작해 볼게요. 다른 출연들은 이따가 오후 세 시쯤 모일 거예요. 철만 씨는 「자급자족 in 정글」 리더이기 때문에 먼저 왔어요. 같이 촬영하게 될 분들을 미리 만나보고 싶다 하셔서요."

「자급자족 in 정글」의 고정 출연자는 모두 네 명이었다.

리더이자 모든 걸 막힘없이 척척 해내는 맥가이버 장철만.

그런 장철만과 매번 티격태격하면서 개그로 분량을 뽑아내는 개그맨 안형준.

현역 아이돌이자 짐승돌로 불리며 몸 쓰는 일은 도맡아 하는 하석진.

장철만 못지않은 체력과 뛰어난 생존력으로 무장한 여전사 전혜윤.

그리고 여기서 게스트로 한 명이 끼는 형태였다.

그런데 이번 편은 특집이었다.

송 작가가 생글생글 웃으며 말했다.

"그러나 이번엔 특집편인 만큼 조금 더 풍성한 볼거리를 제공하고자 했어요. 그리고 일반인 참가자를 다섯 명 뽑았으니 우리 팀도 다섯 명으로 맞추려고 했고요."

"그래서 게스트는 모두 여섯 분이 될 겁니다. 일반인 참가자 다섯 분하고 여성 게스트 한 분."

박 PD와 송 작가가 번갈아 하는 말을 듣던 한수의 머릿속에 그림이 그려졌다.

결과적으로 기존 출연자와 일반인 참가자 모두 합쳐서 남녀 다섯 쌍이 되는 셈이다.

송 작가가 재차 말을 이었다.

"저희가 이렇게 다섯 쌍을 뽑은 이유는 따로 있어요. 이번 특집편은 일반인 참가자도 함께하는 만큼 다 함께 어울리는 자리예요. 그전에 서로 익숙해지는 시간을 갖기 위해 일반인 한 분하고 연예인 한 분, 이렇게 두 분이 한 팀이 되어 자급자족하며 생존에 성공하셔야 합니다."

철만이 박 PD와 송 작가를 보며 물었다.

"저희야 괜찮지만, 일반인 참가자분들은 괜찮을까요? 낯선 곳에서 자급자족하는 게 쉬운 일이 아닌데요."

"시청자들이 보고 싶은 것도 그런 게 아닐까요? 문명사회에서 살아온 대학생들이 낯선 환경에서 어떻게 자급자족하는지. 우리 「자급자족 in 정글」이 시청자들한테 5년 동안 꾸준히 사랑받을 수 있었던 것도 그런 게 클 테고요."

"음, 당연히 제작진이 어련히 준비를 잘했겠지만 그래도 걱정스럽긴 하네요."

"물론 한 팀을 이루어 자급자족하는 기간은 딱 1박입니다. 그 후 여러분은 다 함께 모여서 남은 3박 동안 함께 살아갈 공동체를 만들 겁니다. 그곳에서, 기존에 적응하기 어려워하던 우리 일반인 참가자분들은 선배들의 도움을 얻어 자급자족에 성공하는 모습을 보여줄 거고요."

"그럼 그 팀은 어떻게 이루게 되죠?"

연신대에 재학 중인 남자애가 물었다.

박 PD가 대답했다.

"저희가 내부적으로 짜둔 팀이 있습니다. 남녀가 한 팀이 될 거고요. 누구하고 짝이 될지는 이따가 세 시에 남은 출연자들이 모두 도착하면 그때 공개할 생각입니다."

"안전만 확실하게 보장된다면 크게 문제 될 건 없겠네요."

"저도요. 정 안 되면 선…… 배님들이 도와주시겠죠?"

다들 반응은 긍정적이었다.

혼자 살아남아야 하는 것도 아니고 기존 선배와 한 팀을 이루어서 살아남는 것이었다.

그리고 며칠 동안 그러는 것도 아니고 단 1박이라면 문제없을 터였다.

그때 철만이 박 PD를 보며 물었다.

"피디님, 새로 올 여성 게스트는 누구죠?"

"세 시쯤 여기 올 겁니다. 그때 직접 보시죠."

"아니, 도대체 누구기에 그렇게 숨기는 겁니까? 보통 기획 안 나오면 바로 알려주곤 했잖아요."

"그게…… 하, 이따 보면 알아요."

그러는 사이 시간이 지나고 오후 세 시가 되었다.

하나둘 「자급자족 in 정글」 출연자들이 회의실 안으로 들어오기 시작했다.

안형준을 필두로 하석진, 전혜윤이 줄줄이 들어왔다.

그들도 기획안에 대한 구체적인 내용은 처음 듣는 모양이었다.

계속해서 이야기를 듣던 그들이 눈을 빛냈다.

"재밌겠네요."

"어, 저는 누구죠? 실컷 부려 먹어야겠네요. 하하."

안형진이 너털웃음을 흘렸다.

그런 형진을 보며 석진이가 조심스럽게 말했다.

"형 그랬다가는 인터넷에서 매장당해요."

"매장은 무슨. 서로 먹고살려고 하는 짓인데. 그러다가 굶어 죽으면 어쩌려고."

"힘든 일은 형이 척척 해야죠. 그래도 게스트들인데……."

석진의 말에 여자애들의 표정이 한결 밝아졌다.

그들 모두 형진이가 아닌 석진이하고 한 팀이 되었으면 하는 바람을 간절히 드러내고 있었다.

형진이가 얼굴을 구겼다.

"야! 이거 다 컨셉 잡기야. 아, 여러분. 오해하지 마세요. 저 그렇게 비열하고 나쁜 놈 아닙니다."

"……."

그러나 이제 갓 스무 살이 된 새내기들 표정은 싸늘하기만 했다.

그렇게 세 시가 지나 세 시 반이 되어가는데도 남아 있는 여성 게스트 한 명은 오질 않고 있었다.

형진이가 볼멘 목소리로 물었다.

"아, 형! 도대체 누구예요? 뭔데 시간 약속도 안 지키고 이지랄이래요?"

"그러게 말이다. 진짜…… 아오."

"피디님, 그냥 팀 발표 빨리해 주시면 안 될까요? 바로 스케줄이 있어서요."

혜윤이 말에 박 PD가 고개를 끄덕였다.

다들 긴장된 얼굴로 박 PD를 바라봤다.

특히 가장 긴장하고 있는 건 세 명의 여대생이었다.

그녀들은 하석진 아니면 장철만과 한 팀을 이루길 간절히 바라고 있었다.

3분의 1 확률로 안형준과 한 팀이 되고 싶진 않았다.

그랬다가는 정글에서 낙오돼서 굶어 죽을 것만 같았다.

박 PD가 입을 열었다.

"시간을 끌어서 죄송합니다. 우선 우리 리더 철만 씨는 지민 씨하고 한 팀입니다."

「자급자족 in 정글」의 리더 장철만은 인주여대에 재학 중인 지민과 한 팀이 되었다.

"형준 씨는……."

2분의 1 확률.

창덕여대 정희연과 한찬대 신소정. 두 명의 눈동자가 번개처럼 맞부딪쳤다.

"형준 씨는 소정 씨하고 한 팀입니다."

"……."

"아싸!"

반응이 극명하게 나뉘었다.

"자동적으로 석진 씨는 희연 씨하고 한 팀입니다."

희연의 볼이 발그스레해졌다. 그녀가 석진을 향해 웃어 보였다.

"잘 부탁드려요."

"그리고 혜윤 씨는 윤석 씨하고 한 팀입니다."

전혜윤은 연신대 학생 김윤석하고 한 팀이 되었다.

결과적으로 남은 사람은 한수 한 명이었다. 그리고 그의 팀 메이트는 아직도 오지 않은 한 사람이었다.

"이제 그 소문만 무성한 여자 연예인 게스트가 누군지 알려 주시죠."

형진 말에 박 PD가 침을 꿀꺽 삼킨 뒤 입을 열었다.

"한수 씨 팀 메이트는…… 배우 정수아 씨입니다."

"뭐, 뭐라고요?"

"잠깐만요. 그 싸가지가 우리 프로에 나온다고요?"

"피디님, 그거 거짓말이죠?"

"아니, 걔가 왜 나와요? 걔 이런데 절대 안 나오잖아요!"

"피디님이 섭외하신 건가요?"

연예인들 사이에 아비규환이 일어났다.

그때 가만히 그들 대화를 듣고 있던 일반인 참가자 중 소정 이가 혼잣말로 중얼거렸다.

"배우 정수아면 우리가 아는 그 정수아 맞죠?"

"어, 맞는 거 같은데? 청순가련 하면 떠오르는 여배우 1위! 맞는데? 근데 정수아가 싸가지라고?"

"……뭐가 어떻게 된 거지?"

"저기 여러분, 여기 일반인분들도 계시는데……."

박 PD 말에 이 자리에 모여 있던 연예인들 모두 그제야 하나둘 눈치를 보며 입을 꾹 닫았다.

여전히 얼굴엔 불만이 가득했지만, 더 이상의 이야기는 일반인 참가자들이 들어봤자 좋을 게 하나 없었다.

여기서 나온 이야기가 바깥으로 새어나가지 않는다는 보장도 없거니와 새어나간다면 좋지 않은 꼴 보기 십상이었다.

그들 모두 눈살을 찌푸렸다.

5년 넘게 방송을 해오면서 항상 그들끼리 회의를 했기 때문에 오늘은 일반인 참가자도 이 자리에 함께 있다는 걸 까먹고 말았다.

그때 형준이 조심스레 입을 열었다.

"수아 씨가 우리 프로그램과 어울릴까요? 개미 한 마리 밟아 죽이지 못하는 분인데…… 그 험한 곳에서 어떻게 살아남을지 걱정스럽네요."

"그러게요. 그리고 수아 씨는 영화 외에 다른 장르는 거들떠보지도 않는 거로 아는데 왜 하필이면 우리 프로그램에 출연하는 거죠?"

"자자, 진정들 하시고. 수아 씨가 우리 프로그램에 나오면 시청률 대박, 확실하지 않겠습니까?"

불만이 가득한 연예인들과 달리 박 PD 얼굴은 연신 싱글벙글이었다.

정수아가 출연만 해준다면 시청률 대박은 확실하다고 할 수 있다.

정수아, 그녀는 아역 배우 시절부터 여태껏 단 한 번의 스캔들도 나지 않은 그야말로 청정 여배우였기 때문이다.

그리고 대한민국에 내로라하는 청순 여배우 중에서도 단연 원톱이라 할 수 있었다.

찍는 영화마다 손익분기점을 훌쩍 넘긴 건 물론 연기력도 빼어나서 평론가들의 호평을 한 몸에 받았고 대중이 좋아할 수밖에 없는 외모인 탓에 충무로에서 가장 핫한 스타 중 한 명이었다.

만약 여배우가 단독으로 주연을 맡게 된다면 그녀만이 유일하게 소화할 수 있다는 평가를 받을 정도였다.

그런 그녀가 첫 예능에 출연하는데 그게 또 정글로 가서 갖은 개고생을 다 하는 거라면?

시청률 대박은 떼 놓은 당상이었다.

문제는 그녀가 예능 프로그램에 출연할 확률이 거의 0%에 가까울 만큼 희박하다는 것이지만 박 PD는 자신만만해 하고 있었다.

"피디님…… 진짜 정수아 씨가 나오는 거 맞습니까?"

"자자, 일단 그 이야기는 나중에 마저 하는 걸로 하고 우선 회의부터 계속하죠. 이렇게 다섯 쌍, 모두 열 분이 7월 첫째 주 수요일에 촬영을 떠날 예정입니다. 그전까지 여권 필수로 준비하셔야 하는 거 잊지 마시고요. 촬영 일정은 4박 5일입니다. 그래도 앞뒤 하루씩 넉넉하게 일주일 정도는 시간 비워 주셔야 합니다."

마른 헛기침을 한 번 한 뒤 박 PD가 재차 말을 이었다.

"촬영 장소는 인도네시아입니다. 섬이 많은 나라죠. 그만큼 무인도도 많고요."

프로그램 특성상 어딘가 사람 없는 외딴곳에 갇혀 자급자족해야 하니 주된 촬영 장소는 인도네시아였다.

인도네시아는 세계에서 섬이 가장 많은 나라였고 섬의 개수만 해도 무려 13,667개였다.

개중에서 사람이 사는 섬은 불과 6,000여 개 정도였고 나머지 섬은 무인도였다.

그렇다 보니「자급자족 in 정글」팀이 5년이 넘는 시간 동안 인도네시아를 들락날락한 것만 해도 수십여 번이 넘었다.

"우리 베테랑분들은 인도네시아에 자주 왔다 갔다 했으니까 딱히 말씀드릴 건 없겠죠?"

형준이 너털웃음을 터뜨렸다.

"하하, 거기 왔다 갔다 하며 쌓은 마일리지만 해도 벌써 몇십만이에요. 인도네시아는 그냥 제 별장이나 마찬가지죠. 하하."

"아, 하필 7월이에요? 햇볕이 엄청 쨍쨍할 텐데…… 졸지에 공짜로 태닝 하고 오게 생겼네요."

박 PD가 석진 말에 웃으며 일반인 참가자들을 바라봤다.

"그래도 혹시 모르니까 우리 일반인 참가자분들에게 간단히 몇 가지만 설명해 드리겠습니다."

그리고 박 PD의 설명이 이어졌다.

인도네시아의 기후나 그곳의 생활습관, 이동 수단, 응급 상황이 발생할 경우 어떻게 대처해야 하는지, 그밖에 몇몇 중요한 이야기가 오고 갔다.

"물론 이런 긴급한 상황은 발생할 가능성이 매우 낮긴 합니다. 우리 제작진이 여러분들하고 24시간 동안 계속 함께 붙어다닐 테니까요. 그러니까 너무 염려하지 않으셔도 됩니다."

"예."

다들 고개를 끄덕였다.

"아, 그리고 오늘 회의에서 있었던 일은 전부 다 외부 유출 금지입니다. 또, 음, 그밖에 나머지 정보는 이제 여러분이 각자 구하셔야 합니다. 저희는 최소한의 정보만 제공합니다. 뭘 먹을지, 그걸 어떻게 조리할지는 여러분 몫입니다. 그럼 회의는 여기까지 하죠. 다들 촬영 전까지 건강에 각별히 유의해 주시고요. 서로 연락처를 주고받고 대화 나누셔도 좋습니다."

그 말에 여기 모인 사람들은 서로 연락처를 교환하기 시작했다.

자신의 개인 번호를 알려주는 사람도 있었고 석진 같은 경우는 매니저의 연락처를 알려주기도 했다.

아이돌인 만큼 개인 연락처가 공개될 경우 사생팬이 우려스러운 탓이었다.

어쨌든 팀마다 떠들썩하게 어떻게 생존할지, 무엇을 가장 잘하는지, 낚시나 집 짓기 등등 그런 이야기를 나누는 동안 한수가 할 수 있는 건 아무것도 없었다.

일단 팀 메이트가 나타나질 않았다.

그런데 무슨 이야기를 하겠는가.

그때 박 PD가 한수에게 쪽지 하나를 건넸다.

"이거 정수아 씨 매니저 연락처예요. 이따가 한번 연락해 봐요."

"아, 감사합니다."

"한수 씨, 미안하게 됐어요."

"아뇨, 전혀 아닙니다. 오히려 잘된걸요. 어쨌든 여배우하고 함께 촬영하는 거 아닙니까?"

"하하. 예, 저는 한수 씨만 믿겠습니다. 우리 수아 씨, 잘 부탁합니다."

"예, 물론이죠."

시청률 흥행 보증수표라고 했다.

한수 입장에서도 더할 나위 없이 좋은 기회다.

시청률이 높으면 높을수록, 그리고 프로그램이 화제가 되면 될수록 그의 명성도 더 가파르게 올라갈 게 분명하니까.

그렇게 회의가 끝난 뒤 일반인 참가자들이 먼저 회의실에서 나왔다.

"한수 형, 그럼 그날 공항에서 봬요."

"어, 그래. 들어가."

"오빠, 저희도 그럼 가볼게요."

"다음에 봬요."

새내기들을 떠나보낸 뒤 한수도 IBC 사옥에서 나와 집으로 향했다.

그때 우연히 맞닥뜨린 사람이 있었다.

그는 「트루 라이즈」 면접장에 있었던 남 작가였다.

"어? 한수 씨! 여긴 어쩐 일이에요?"

"잠깐 볼 일이 있어서요. 작가님께서는요?"

"아, 저는 누구 만날 사람이 있거든요. 저기 오네요. 야!"

한수가 고개를 돌렸다. 그리고 그는 눈에 익은 얼굴을 볼 수 있었다. 조금 전 회의 때 커피를 돌렸던 그 막내 피디였다.

그도 한수를 알아보곤 적잖게 당황한 듯 머리를 긁적였다.

"피디님?"

"하, 한수 씨."

"뭐야? 둘이 아는 사이야?"

남 작가가 눈을 휘둥그레 떴다.

"가면서 이야기하자. 한수 씨, 나중에 봬요!"

"아, 예."

한수가 두 사람을 빤히 바라봤다.

「트루 라이즈」의 남 작가가 연신 고개를 슬쩍 돌리며 자신을 힐끔힐끔 쳐다보고 있었다.

📺

쾅!

책상이 박살 날 것처럼 흔들거렸다.

책상을 내리친 건 다름 아닌 장 피디였다.

통화 중이던 그가 시뻘게진 얼굴로 씩씩거렸다.

"뭐? 그놈이 「자급자족 in 정글」에 출연한다고? 나 엿 먹으라고 지금 그러는 거지? 알았어. 일단 끊어."

옆에서 듣고 있던 정 작가가 그런 장 피디를 말렸다.

"피디님, 진정하세요. 설마 그런 이유로 그랬겠어요?"

"생각해 봐. 우리가 최종 섭외하기로 했는데 거절했다며. 왜겠냐고?"

정 작가가 눈매를 좁혔다.

"그럼…… 「자급자족 in 정글」에 나가려고 우리 프로 걷어찬 거란 말이에요?"

"그거 말고 다른 이유가 또 있어? 그쪽 촬영하고 우리 합숙하고 겹친다잖아."

"……어머 어머. 진짜네, 어쩜. 아니, 해도 해도 너무한 거 아니에요? 면접까지 다 봐놓고 어쩜 그렇게 뒤통수를 후려칠 수가 있대요?"

자신들이, 특히 장 피디가 한수한테 했던 행동은 이미 까마득하게 잊어먹은 지 오래였다.

장 피디도 오히려 열을 토해냈다.

"그러니까! 내가 이래서 한국대생을 싫어하는 거라고. 싸가지 없고 오만하고 안하무인에…… 어차피 그런 애는 신경 쓸 가치도 없어. 제까짓 놈이 정글 가서 뭐할 거야? 막말로 베어 그릴스처럼 구더기를 씹어먹겠어? 애초에 그쪽은 컨셉 잘못 잡은 거야. 일반인을 정글에 데려가서 뭘 하겠다고. 그러니까 감 떨어졌다고 침체기라고 계속 기사화되는 거지."

"그러게요."

그때 장 피디가 심각한 표정으로 두툼한 입술을 떼었다.

"아, 문제는 정수아가 「자급자족 in 정글」에 출연한다는 거야. 아직은 썰이긴 하지만 박 PD가 자신만만해 했다고 하더라고."

정 작가가 눈을 휘둥그레 뜨며 물었다.

"정수아면…… 설마 걔요? 제가 생각하는 그 정수아 아니죠? 아니라고 해줘요."

"……맞아."

"아, 어떻게 해요? 정수아 출연한다고 하면 우리 쪽 시청률 완전 아작 나는 거 아니에요?"

"휴, 정 작가. 정 작가도 알잖아. 정수아가 얼마나 자기 필모 꼼꼼하게 챙기는지. 영화배우라고 드라마도 안 나오는 애야. 시놉시스를 산처럼 만들어서 갖다 줘도 바로 불쏘시개로 쓰는 애라고. 그런 애가 드라마도 아니고 가장 끗발 떨어지는 예능에 출연하려 하겠어?"

곰곰이 생각하던 정 작가가 조심스레 물었다.

"만약…… 정말 만약에 정수아가 「자급자족 in 정글」에 나오면 어떻게 되는 거죠?"

"……일어나지도 않을 일 갖고 걱정하지 마. 우린 우리 프로그램이나 잘 챙기자고."

"그래도……."

정 작가가 말끝을 흐렸다.

한수를 섭외하려다가 그게 물거품이 된 이후로 줄곧 무언가가 마음에 걸리고 있었다.

형체를 알 수 없는 데다가 께름칙하게 소름 돋는 무언가가.

그런데 오늘 그 실체가 조금 잡히기 시작했다.

그건 다름 아닌 '불안감'이었다.

한편, 누군가의 안줏거리가 되었던 한수는 집으로 돌아오자마자 텔레비전을 켰다.

오늘도 「Discovery」 채널을 보면서 베어 그릴스의 생존 스킬을 배울 생각이었다.

그렇게 텔레비전을 꾸준히 시청했지만, 경험치가 오르는 속도가 너무 더뎠다.

상위 카테고리로 올라갈수록 점점 더 속도가 더뎌지고 있었다. 아직 「자급자족 in 정글」 촬영까지는 두 달이라는 시간이 남아 있었지만, 그것만으로는 부족했다.

한수는 못해도 촬영 전까지 50% 이상으로 경험치를 끌어올리고 싶었다.

지난번 풋살 경기를 하며 깨달았다. 몸 쓰는 일은, 경험치가 50% 이상 쌓일 경우 자동적으로 동기화가 되며 그에 준하는 상태로 움직일 수 있다는 것을.

그렇다는 건 이번 「Discovery」 채널 역시 50% 이상의 경험치만 쌓는다면 베어 그릴스만큼은 아니어도 비슷한 몸놀림을 보여 주는 게 가능해질 터였다.

그러기 위해 한수는 퀘스트 목록을 뒤져보기 시작했다.

지난번 그와 관련 있는 퀘스트를 하나 본 적이 있었다.

그리고 그는 퀘스트를 수행하면 얻을 수 있는 보상 중에서 가장 원하던 것을 찾아냈다.

[보상 : 경험치를 두 배 빠르게 획득 가능합니다.]

그리고 그 보상을 얻어내려면 며칠 뒤 하는 봄축제에 참가해서 성과를 올려야만 했다.

한수는 휴대폰 단톡방을 확인했다.

경영학부 길벗반 전체 단톡방에는 이번 봄축제 관련 공지가 올라와 있었다.

이번 봄축제에서 경영학부가 하기로 한 건 4반4색(四班四色) 푸드트럭이었다.

경영학부는 모두 네 개의 반으로 이루어져 있다.

한빛반, 길벗반, 패기반 그리고 백두반.

경영학부에서 기획한 건 각 반에서 요리할 사람을 네 명에서 다섯 명 정도 뽑아서 푸드트럭에서 요리를 하는 것이었다.

만든 음식은 봄 축제에 오는 학생들과 일반인들을 대상으로 판매하여 가장 많은 매출액을 발생시키는 반이 우승팀이 된다.

한수가 보상을 얻기 위해서는 길벗반의 대표로 출전해서 다른 세 반을 제치고 가장 많은 돈을 벌어야만 했다.

한수는 그것을 보며 입가에 미소를 그렸다.

퀴진 TV.

그가 두 번째로 얻은 채널이고 퀴진 TV를 통해 유명한 쉐프들의 요리 실력을 자신의 것으로 만드는 데 성공할 수 있었다.

또한, 한수한테는 그만의 시그니처 요리가 있었다.

여전히 성욱이 운영 중인 미라클 PC방에서 가장 잘나가는 메뉴, 컵스테이크가 바로 그것이었다.

무엇보다 컵스테이크는 푸드트럭과 가장 안성맞춤인 요리이기도 했다.

그는 자신만만한 얼굴로 신입생 지원자를 찾고 있는 길벗반 단톡방에 글을 남겼다.

−제가 이번에 푸드트럭 길벗반 대표로 나서 보겠습니다.

그런 한수 얼굴에서는 자신감이 넘쳐흐르고 있었다.

CHAPTER
6

한국대학교는 봄과 여름, 각각 한 번씩 모두 두 번의 축제를 연다. 여기서 대부분의 사람은 한국대학교 축제를 재미없고 딱딱한 분위기라고 생각한다.

그건 한국대학교 3대 바보에서 유래되었다.

첫째, 자신의 전교 성적을 자랑하는 것.

둘째, 한국대입구역에서 한국대학교까지 걸어가는 것.

그리고 마지막 한국대학교 축제에 놀러 가는 것.

물론 한국대학교 축제가 다른 대학교 축제에 비해 그 규모가 조촐한 건 사실이다.

애초에 대학교 자체가 국립대이다 보니 유명 연예인을 섭외해도 한두 명에 그칠 뿐 보통 자기들끼리 어울려 놀기 때문이다.

그래도 봄기운이 완연한 한국대학교는 축제 분위기가 물씬 풍기고 있었다.

그리고 사람들이 자주 지나다니는 길목에는 네 대의 푸드 트럭이 나란히 자리를 잡고 있었다.

경영학과에서 이번 축제를 위해 빌린 트럭으로 이번 경영학과 축제 컨셉에 맞게 준비된 것이었다.

한수는 길벗반의 쉐프가 되어 푸드트럭에 자리하고 있었다.

그리고 그 옆에는 손수 나서서 한수의 일손을 돕겠다고 자청한 선후배들이 있었다.

각 반에서 동원할 수 있는 수는 쉐프를 빼고 넷.

딱히 무언가 상금이 걸린 것도 아니지만 다들 의욕이 대단했다.

그만큼 각 반의 명예가 걸린 중요한 대결이었다.

한수는 주변을 훑었다.

슬슬 사람들이 하나둘 주변으로 몰려들고 있었다.

대부분 아침을 거르고 축제 준비 중인 한국대 학생들이었다.

"푸드트럭이네?"

"경영학과에서 준비했나 봐."

"음, 저곳은 새우덮밥인가 봐."

"저기도 비슷해. 어? 컵스테이크네."

"이쪽은 햄버거."

"여긴…… 김치볶음밥이야."

경영학과 각 반이 준비한 메뉴는 각양각색이었다.

그래도 각반에 조리기능사 자격증을 가진 사람이 한두 명은 있었고 그들이 주축이 되어서 팀을 꾸렸다.

한빛반이 야심 차게 준비한 건 햄버거였다.

수제 버거로 가격은 5,900원. 햄버거치곤 가격이 꽤 비싸지만, 맛 하나만큼은 따라올 곳이 없다고 홍보 중이었다.

패기반이 준비한 건 새우덮밥이었다.

싱싱한 새우와 신선한 야채를 버무린 중화풍 덮밥으로 가격은 6,000원이었다.

특히 패기반은 새우의 효능에 대해 상세하게 적어둔 알림판을 옆에 둬서 시각적인 효과를 더하고 있었다.

백두반은 평범한 것으로 승부를 보고자 했다.

그래서 그들이 준비한 건 스팸 김치볶음밥이었다.

가마솥에다가 굽는 볶음밥으로 한쪽 철판에는 계란프라이와 스팸을 부치는 중이었다. 가격은 5,000원으로 이중에서는 가장 저렴했다.

마지막 길벗반이 준비한 건 컵스테이크였다.

그러나 평범한 스테이크가 아닌 뉴질랜드산 양 갈비를 준비했고 그 양 갈비를 구워낸 다음 잘게 잘라 컵 위에 올릴 계획이었다.

레스토랑에서나 먹을 법한 양 갈비를 저렴하게 먹을 수 있는 기회인 만큼 꽤 호응이 좋을 것으로 예상하고 있었다.

다만 가격은 9,900원으로 이 중에서 가장 비쌌다.

지나가던 학생들이 하나둘 멈춰섰다.

그들은 각각 네 귀퉁이에 자리하고 있는 푸드트럭을 둘러보며 어느 곳을 골라야 하나 고민하기 시작했다.

그때 제일 먼저 마음을 정한 사람이 있었다.

그가 향한 곳은 백두반이 운영 중인 푸드트럭이었다.

"어서 오세요, 손님."

"볶음밥 하나만 해주세요."

"예, 감사합니다!"

백두반 쉐프가 잘 달궈진 가마솥 안에서 고슬고슬해지는 김치볶음밥을 덥히는 사이 보조가 계란프라이와 햄을 굽기 시작했다.

"어, 음……."

망설이던 두 번째 사람과 세 번째 사람이 연달아 선택을 내렸다.

그들이 향한 곳은 패기반이었다.

아침으로 햄버거는 영 질색이었고 그렇다고 양 갈비 스테이크를 먹자니 부담스러웠다.

결국, 그들이 고른 건 칼로리도 낮고 미용에도 좋다는 알림판이 적혀 있는 새우덮밥이었다.

그리고 마지막까지 결정하지 못하던 여자애가 고민 끝에 발걸음을 떼었다.

그러나 그녀가 향한 곳은 한빛반이었다.

"수제 버거 하나만요."

모두 네 명의 손님, 그들 중 길벗반을 고른 손님은 단 한 명도 없었다.

"이거 완전 망한 거 아니냐?"

"걱정 마요. 곧 손님이 오면…… 그러면 해결될 거예요."

한수가 자신감 넘치는 목소리로 대답했다.

그런 한수를 보던 선배가 고개를 끄덕였다.

"그렇겠지? 꼴등은 하면 안 되는데……."

그러는 사이 손님들이 계속해서 경영학과에서 운영 중인 푸드트럭을 지나쳤다.

그리고 주문을 한 손님들도 있었는데 대부분 선호하는 음식은 다름 아닌 김치볶음밥이었다.

아무래도 위험부담이 덜한 데다가 가격이 저렴하다 보니 인기가 많을 수밖에 없었다.

"우리도 그냥 저가 요리로 할걸."

"그래 봤자 저 팀이 두 개 팔아야 우리 한 개예요. 걱정 마요."

"저기요."

그러는 사이 손님 한 명이 길벗반 푸드트럭으로 걸어왔다.

조금 전까지 울상이던 선배가 다급히 대답했다.

"예, 손님."

"주문해도 되요?"

"그럼요. 물론이죠."

"그럼 스테이크 하나만 주세요."

"예. 잠시만요, 곧 조리해 드리겠습니다."

길벗반 푸드트럭의 첫 주문.

그리고 한수는 손질된 양 갈비를 빠른 속도로 조리하기 시작했다. 그들이 준비한 양 갈비는 신선한 램(Lamb:어린양)인 만큼 냄새가 잘 나지 않는다.

준비해야 하는 건 평범했다. 소금, 후추, 그리고 로즈마리 정도로 밑간을 해두면 그만이었다.

중요한 건 굽기였다.

핏물이 새어 나오지 않게 구워낸 한수는 적당히 익혀졌을 때 불을 조절했다.

너무 오래 익히면 양 갈비는 푸석해지기 때문에 미디움레어에서 미디움 정도가 적당했다.

그런 다음 한수는 예전에 성욱이 운영 중인 PC방에서 써먹었던 특제소스를 그 위에 발랐다.

그런 다음 고기를 잘게 잘라낸 뒤 고슬고슬한 밥 위에 올려놓았다.

첫 번째 컵스테이크가 완성되었다.

하얀 밥 위에 노릇하게 익은 양 갈비와 파프리카, 피망 등이 올라갔다.

"감사합니다."

"잘 먹을게요."

그녀가 떠난 뒤 한수는 입가에 미소를 지었다.

"일단 하나 팔았다."

"하나 판 게 뭐가 중요한 건데?"

"기다려 보세요. 곧 소식이 올 거니까."

현지는 한국대학교 스트릿댄스 동아리 일원으로, 오늘 예정되어 있는 공연을 조금이라도 더 준비하기 위해 아침 일찍 서둘러 나왔다.

아침도 거른 채 동아리방으로 향하던 그녀 눈을 사로잡은 건 네 대의 푸드트럭이었다.

알록달록한 푸드트럭을 보던 현지는 아침을 여기서 해결하기로 마음먹었다. 한번 연습을 시작하면 중간에 쉬는 시간 없이 계속 집중해야 했기 때문이다.

문제는 메뉴였다.

네 대의 푸드트럭은 저마다 각양각색의 메뉴를 야심 차게 내놓고 있었다.

처음 눈길을 잡은 건 새우덮밥이었다.

낮은 칼로리, 미용에 좋다는 광고 문구 때문이었다.

그러나 새우를 썩 좋아하지 않는 그녀가 두 번째로 고민했던 건 김치볶음밥이었다.

햄버거는 정크푸드라는 인식 때문에 애초에 꺼려졌고 양갈비는 아침으로 먹기엔 부담스러웠기 때문이다.

그래서 김치볶음밥을 고를까 했지만 이미 그 앞엔 적지 않은 사람들이 줄을 서 있었다.

결국, 현지는 아직 아무도 줄을 서지 않고 있는 길벗반의 푸드트럭으로 다가갔다.

남자 한 명이 울상이 된 채 뭐라 중얼거리고 있었다.

현지가 그를 불렀다.

"저기요."

"예, 손님."

그녀는 그의 얼굴에 화색이 도는 걸 봤다.

'아, 내가 첫 손님이구나. 이거 잘한 선택일까?'

갈등하던 현지가 물었다.

"주문해도 되요?"

"그럼요, 물론이죠."

"그럼 스테이크 하나만 주세요."

"예, 잠시만요. 곧 조리해 드리겠습니다."

막상 기다리게 되자 마음 한구석이 불안해졌다.

괜히 양 갈비를 고른 게 아닌가 우려스러웠다.

그렇지만 인제 와서 주문을 물릴 수도 없는 노릇이었다.

그렇게 초조하게 기다리는 사이 컵스테이크가 나왔다.

갈색빛이 도는 양 갈비 스테이크와 알록달록 총천연색의 과일들이 먹음직스러웠다.

'일단 비주얼은 합격이고.'

문제는 맛.

얼마나 맛있느냐가 관건이다.

가격도 9,900원으로 다른 푸드트럭에 비해 유독 비싸지 않은가.

"감사합니다."

그녀는 컵스테이크를 든 채 동아리실로 재차 향했다.

그러면서 일회용 포크로 양 갈비 스테이크 한 조각을 집어 먹었을 때였다.

그녀는 갈 길이 바쁜 것도 잊은 채 그대로 자리에 멈춰섰다.

오물조물– 스테이크를 씹을 때마다 터지는 육즙과 그 맛은 그야말로 형언하기 힘들 정도였다.

몇 년 전 남자친구가 유명한 프렌치 쉐프가 운영하는 근사한 프렌치 레스토랑에서 코스요리를 사준 적이 있었는데 그때 먹은 양 갈비 스테이크가 생각날 정도였다.

"아……."

가볍게 탄성을 토해낸 그녀는 제자리에 선 채 허겁지겁 남은 스테이크를 마저 먹었다.

어떤 과자 광고에서는 '한번 열면 멈출 수 없어!'라고 하는데 이 컵스테이크가 그러했다.

'한번 먹으면 멈출 수 없어!'

그녀는 발 빠르게 동아리실로 향했다. 자신이 먹은 이 컵스테이크를 다른 사람에게도 알릴 생각이었다.

"이제 왜 하나 판 게 중요한지 아시겠죠?"

"이건……."

선배가 놀란 얼굴로 길게 늘어진 줄을 바라봤다.

그들 모두 동아리실에서 이곳까지 찾아온 손님들이었다.

그들을 이곳으로 잡아끈 건 딱 하나였다.

'호기심.'

인간이 절대 떨쳐낼 수 없는 가장 무서운 유혹.

동아리실에서 한 여학생이 퍼뜨린 이야기는 걷잡을 수 없이 퍼져 나갔고 한창 연습 중이던 동아리 부원들을 움직이게

282 채널마스터 2
CHANNELMASTER

만들었다.

단 한 명이 퍼뜨린 소문이 순식간에 수많은 사람을 여기로 불러 모은 것이었다.

그 소문은 점점 더 눈덩이를 불려가고 있었다.

어디까지나 그게 가능했던 건 한수의 압도적인 요리 실력 덕분이었다.

애초에 이건 한수에게 워낙 유리했던 종목이었다.

다른 반 요리사도 조리기능사 자격증은 있지만, 한수만큼 실력을 갖추고 있는 건 아니니까.

그리고 그 날 하루 치러진 4인4색 푸드트럭 대회는 길벗반의 압승으로 끝맺음이 났다.

그렇게 한수도 기분 좋게 보상을 얻고 집으로 돌아올 때였다.

문득 생각난 게 하나 있었다.

며칠 전 「자급자족 in 정글」 전체 회의 때 박 PD한테 받은 정수아 매니저의 휴대폰 번호였다.

그러고 보니 아직도 그녀는커녕 그녀 매니저한테 연락 한 번 받아본 적이 없었다.

한수가 전화를 걸었다.

신호음이 몇 차례 가고 상대가 전화를 받았다.

-박경준입니다. 누구세요?

"안녕하세요. 정수아 씨 매니저 맞으신가요?"

-맞는데 누구시죠?

"저는 강한수라고 하고요. 이번에 「자급자족 in 정글」에서 정수아 씨하고 한 팀이 됐어요. 그래서 이렇게 연락드렸습니다."

-예? 잠시만요. 누나, 저기…….

경준이 정수아하고 대화를 나누는 듯했다.

잠시 뒤, 여자 목소리가 건너편에서 들렸다.

-여보세요? 강한수 씨라고 하셨죠? 지금 경준이가 저보고 뭐라고 한 거예요?

"에, 그러니까 「자급자족 in 정글」에서 제가 정수아 씨하고 같이 촬영을 하게 됐어요."

-촬영이요? 저는 촬영 이야기를 들은 적이 없는데요? 뭔가 잘못 알고 계신 거 아닌가요?

한수가 조심스럽게 대답했다.

"어, 그게…… 그러니까, 박 PD님 말로는 우리가 같은 한 팀이 되었고요. 1박 동안 인도네시아에서 우리끼리 자급자족해야 합니다."

점점 더 그녀의 목소리가 사나워지기 시작했다.

-뭐라는 거예요? 제가 그쪽하고 뭘 한다고요?

한수가 혹시 하는 생각에 물었다.

"……「자급자족 in 정글」, 출연하시는 거 아닌가요?"

-지금 그 예능 프로그램 말하시는 거죠? 정글에 낙오돼서 이것저것 주워 먹고 대충 움막보다 못한 거 짓고 사는 거요. 맞아요?

"어, 그 정도는 아니지만…… 비슷하긴 하네요."

-당신, 미쳤어요? 아니, 당신한테 말해봤자 소용없겠네요. 전화 끊어요. 박경준, 너는 알고 있었지?

-그러니까 누나, 이게 어떻게 된 일이냐면요.

"여보세요! 이봐요! 정수아 씨!"

한수가 몇 차례 소리쳤지만, 그의 말은 철저하게 무시당하고 있었다.

뚜뚜-

그렇게 얼마 지나지 않아 전화가 끊겼다.

한수는 직감하고 말았다.

「자급자족 in 정글」에서 최악의 조별과제를 단둘이 하게 되었다고.

시간은 쏜살같이 지나갔다.

조별과제는 아우성 속에 끝이 났고 기말고사도 행해졌다.

그리고 7월 초 「자급자족 in 정글」 촬영을 앞두고 제작발표회가 열렸다.

H 호텔에서 열린 제작발표회에서 기자들이 가장 관심을 가진 건 배우 정수아의 출연 여부였다.

그러나 취재진 앞에 앉아 있는 건 5년째 봐와서 이제는 너무 익숙한 「자급자족 in 정글」원년 멤버 네 명뿐이었다.

박 PD가 자리에 모인 기자들을 보며 이번 제작발표회의 컨셉과 제작 의도, 일반인을 뽑은 기준, 어떤 식으로 촬영이 이루어질지에 대해 설명했다.

하지만 기자들이 궁금해하고 있는 건 그게 아니었다.

그리고 박 PD 말이 끝나기가 무섭게 기자들이 번쩍 손을 들어 올렸다.

"장 기자님, 말씀해주세요."

"한상일보 장운택입니다. 이번 촬영에는 배우 정수아 씨도 함께한다고 알고 있는데요. 사실입니까?"

"예, 사실입니다."

웅성웅성-

박 PD 말에 기자들 사이에 소요가 일었다.

"정말이십니까? 배우 정수아 씨가 어째서……."

"예, 곧 JS 엔터테인먼트에서 공식 발표를 할 겁니다."

"정수아 씨는 영화 말고는 출연하지 않는 걸로 아는데 어떤 경유로 출연하게 되신 건지 알 수 있을까요?"

"죄송합니다만 여긴 「자급자족 in 정글」 제작발표회고 그에 관한 질문을 받는 자리입니다. 그 부분은 JS 엔터테인먼트에 질문해 주셨으면 좋겠군요. 다음 기자님?"

"동선일보의 하주철입니다. 이번 「자급자족 in 정글」 특집은 일반인분들도 참가하신다고 하셨는데요. 어떤 분이 참가하시는지 알려주실 수 있을까요?"

"모두 다섯 분이고 재수하신 분도 있긴 하지만 다들 올해 입학한 새내기들입니다. 사회 경험이 없고 중고등학교 내내 공부만 했던 그들이 정글에서 어떻게 자급자족할지 지켜봐 주시면 될 거 같습니다."

"1박은 연예인하고 일반인, 이렇게 두 명이 짝을 지어서 방송을 찍는다고 들었는데요. 남녀 한 쌍으로 구성한 이유를 알 수 있을까요? 「자급자족 in 정글」이 언제부터 짝짓기 프로그램이었나요?"

"그런 의도는 아니었습니다. 아담과 이브에서 모티브를 얻었고 그래서 커플 한 쌍씩 묶는 게 낫다고 생각했을 뿐입니다. 오해 없으시길 바랍니다."

"중수일보 박상진입니다. 「자급자족 in 정글」 원년 멤버는 네 분이시고 배우 정수아 씨는 이번이 첫 촬영인데요. 일반인분하고 정수아 씨가 한 팀을 이루면 서로에게 위험하지 않을까요?"

박 PD가 그 말에 회심의 미소를 지었다.

그는 입가에 미소를 띤 채 말했다.

"그게 바로 이번 방송의 하이라이트가 될 예정입니다. 자세한 건 본방을 보시면 아실 수 있을 겁니다."

원래 박 PD는 네 명만 뽑을 생각이었다. 그래서 네 명을 뽑았고 그들로 기본적인 테스트를 진행했다.

그러다가 정수아가 촬영에 합류하게 되면서 한 명을 추가적으로 더 모집했다.

그때 뽑힌 게 윤석이었다. 그 이후 박 PD는 기본적인 면접을 본 뒤 그들로 테스트를 진행했다.

원래 박 PD가 보여 주고자 한 건 정글에서 산전수전 다 겪은 베테랑 연출자들이 사회 경험이 없고 정글에서는 신생아나 마찬가지인 일반인을 도와서 자급자족하는 모습이었다.

문제는 정수아 같은 경우 베테랑이 아니라 그녀 역시 신생아나 다를 것이 없다는 것이었다.

그래서 그들은 보이스카우트도 했고 또, 고등학교 때부터 틈틈이 외국 여행을 다녀본 적이 있는 윤석이를 뽑았다.

그가 수아를 커버해 주길 원해서였다. 실제로 정수아하고 파트너가 될 뻔했던 건 원래 윤석이었다.

그러나 전체 회의가 있기 며칠 전 한 번 더 모의 테스트를 거쳤고 그때 윤석이보다 더 두각을 나타낸 사람이 있었다.

그게 바로 한수였다. 당시 한수는「자급자족 in 정글」촬영을

288 채널마스터 2
CHANNEL MASTER

위해 이미 디스커버리(Dicovery) 채널을 확보해 놓고 있었고 실제로 「Man vs Wild」를 보면서 생존전문가로 거듭나던 중이었다.

"어떤 점에서 하이라이트가 될 거란 말씀이신가요?"

박 PD가 그 질문에 묘한 웃음을 내며 답했다.

"우리 방송에서 시청자분들은 특별한 씬스틸러를 만나실 수 있을 겁니다."

촬영이 임박했다.

7월 초 인천국제공항, 여름방학을 맞이해, 혹은 휴가를 통해 외국으로 떠나는 수많은 인파가 어느 한 곳을 집중해서 바라보고 있었다.

그곳에는 적지 않은 사람들이 원을 쌓은 채 방송을 촬영 중에 있었다.

오늘은 「자급자족 in 정글」 팀이 인도네시아의 무인도로 촬영하러 가는 날이었다.

제작진들에게 둘러싸인 채 멘트 중이던 철만을 향해 혜윤이 웃으며 말했다.

"오늘은 평소보다 사람이 많네요. 기자분들도 엄청 많이 오셨어요."

"음, 그러게요. 하하."

석준이 철만을 향해 능청스러운 얼굴로 물었다.

"그러고 보니 오늘 게스트가 있다면서요. 어떤 게스트죠? 이번에야말로 한류스타급 배우가 나오는 건가요?"

혜윤의 볼이 발그스름하게 물들며 말을 이었다.

"저는 윤환 씨였으면 좋겠어요. 이번에 섭외 넣으셨다던데 정말로 윤환 씨가 나오는 거 아닐까요?"

"윤환 씨는 무슨. 적어도 송효민 씨나 한예주 씨 정도는 되어야……."

"크흠, 일단 오늘은 우리 촬영이 5년째 되는 날인만큼 평소 「자급자족 in 정글」에 나오고 싶어 하셨던, 그리고 우리 방송이 리얼리티가 맞는지 궁금하셨던 시청자들을 직접 모시고 촬영할 겁니다."

철만의 말에 다들 어처구니없는 얼굴로 쑥덕거렸다.

"아니, 형. 그건 좀 아니죠. 어쨌거나 일반인들인데 위험하지 않겠어요?"

"각서는 받아뒀겠죠?"

"이래서 방송 하단에 「여러분, 집에서는 이걸 절대 따라 하지 마세요!」처럼 경고 문구를 붙여야 한다니까요?"

"자자, 됐고. 한 분씩 소개해 드리겠습니다. 우리는 1박 동안 이분들과 함께 팀을 이뤄서 정글을 헤쳐 나가게 될 겁니다.

우선 소정 씨, 들어와 주세요."

동시에 그 옆에서 대기 중이던 소정이 인파를 헤치고 캐리어를 끈 채 안으로 들어왔다.

"와, 예쁘시네."

형준이가 그녀를 보며 적절히 MSG를 쳤다.

소정도 예쁘다는 말에 기분이 좋은 듯 발그레 웃었다.

철만이 능숙하게 소정을 가운데로 데려온 뒤 그녀를 보며 물었다.

"소정 씨, 새내기로 이번 촬영에 참가하게 됐는데 기분이 어떠세요?"

"두근두근 떨리고 에, 또, 아…….."

"천천히, 긴장하지 말고 말하세요."

"준비 열심히 해왔는데…… 아, 네! 열심히 자급자족하겠습니다."

"그럼 어떤 분하고 팀을 이루고 싶으신가요?"

"저는…… 석지, 아니, 철만 오빠요!"

"예? 저요?"

"아무래도 그래야 생존하기 좋을 거 같아서요."

형준이 불쑥 끼어들었다.

"저는 어때요?"

"……사양할게요."

그러나 이미 팀은 어떻게 짤지 미리 정해진 상태였고 소정은 형준과 한 팀을 이루게 됐다. 소정의 얼굴이 잔뜩 일그러진 건 당연한 수순이었다.

그 뒤 지민, 희연 그리고 윤석까지 소개가 차례차례 이어졌다.

석진이가 철만을 보며 물었다.

"그럼 이제 출발하면 되는 건가요?"

"아뇨, 아직입니다. 아직 일반인 참가자가 한 분 더 있습니다. 나와주세요!"

철만의 우렁찬 소리와 함께 한수가 가방을 짊어진 채 합류했다.

"오, 훈남이다."

"연예인 아니에요? 일반인 맞아요?"

다들 호들갑을 떨 때 철만이가 한수를 올려다보며 물었다.

"자기소개 좀 부탁드립니다."

"안녕하세요. 한국대학교에 재학 중인 강한수라고 합니다. 이렇게 「자급자족 in 정글」 촬영을 하게 되어서 정말 영광스럽습니다. 일반인도 충분히 정글에서 살아남을 수 있다는 걸 똑똑히 보여드리겠습니다."

"피디님 말로는 한수 씨가 저 못지않은 정글 전문가라고 하던데요. 어렸을 때부터 이런 경험을 많이 해보셨나 봐요?"

"아뇨. 해외 나가보는 건 이번이 처음입니다."

"……에, 그러면 제가 잘못 알고 있던 건가요? 저 피디님?"

"저분이 맞습니다!"

앉아 있던 박 PD가 소리쳤다.

"그럼 어떻게……."

"평소 디스커버리 채널을 즐겨봤고요. 개중에서도 특히 베어 그릴스 형님이 나오는 그 프로그램을 애청했습니다."

"아니, 이봐요. 한국대생이라고 해서 내가 참고 있었는데 그거 프로 몇 번 봤다고 베테랑 되면 개나 소나 다 베테랑 아닙니까? 예?"

"……하하."

한수가 어색하게 웃었다. 어느 정도 사전에 말이 맞춰져 있긴 했지만, 불쑥불쑥 튀어나오는 형준의 애드리브는 적응하기 어려웠다.

"최선을 다해 열심히 해보겠습니다."

그렇게 한수도 소개가 끝나고 이들에 합류했다.

이제 남은 건 연예인 게스트를 소개할 차례.

그리고 그때였다.

박 PD가 막내 피디한테 재차 어떻게 된 거냐고 연락을 넣어보라고 할 때 마치 모세의 기적처럼 인파가 좌우로 갈라졌다.

동시에 범접할 수 없는 미모와 기품을 갖춘 여배우가 그 사이로 걸어오기 시작했다.

한수를 비롯한 일반인 참가자는 물론, 같은 연예인 출연자들마저 그녀를 보고는 눈을 휘둥그레 떴다.

눈부실 정도로 아름다운 그녀가 철저하게 준비를 해서 걸어오고 있었다.

문제는 그녀가 입고 있는 건 평범한 등산복이었는데 그게 무슨 시상식의 드레스처럼 사람들의 눈을 잡아끌고 있었다.

톱스타.

연예인들의 연예인.

한수는 어째서 이 수식어가 존재하는지 그 이유를 알 수 있을 것 같았다.

"마, 마지막 게스트는…… 배우 정수아 씨입니다."

여전히 정수아가 나올지 안 나올지 긴가민가하고 있던 철만이 떨리는 목소리로 말했다.

"저, 정수아 씨. 어서 오세요."

"안녕하세요, 시청자 여러분. 배우 정수아예요."

그녀의 목소리는 사근사근했고 감미로웠으며 부드럽기 이를 데 없었다. 시선은 고혹적이었고 대중의 이목을 잡아끄는 매력이 철철 넘쳐흐르고 있었다.

"정수아 씨는 평소 영화 외에는 출연하지 않는 걸로 아는데요. 이번 「자급자족 in 정글」에 출연하게 된 계기가 따로 있으신가요?"

"음, 그동안 제가 너무 청순가련하고 또 신비주의 컨셉에만 매몰되어 있었던 게 아닌가 해서 그 이미지를 벗어보고자 이렇게 나오게 됐어요."

"아, 스펙트럼을 넓히기 위해서 나오신 거군요."

"예. 그런 셈이죠, 그래도 정글 같은 오지는 첫 촬영이라…… 잘 부탁드릴게요."

"준비도 철저하게 해오신 거 같은데요? 그리고 이번에 연예인은 일반인하고 함께 촬영을 1박 동안 하게 되는데요. 파트너가 누군지 알고 계신가요?"

"강한수 씨 맞으시죠?"

"알고 계시네요. 어떻게 자급자족할지 이야기는 나눠보셨나요?"

한수가 그녀를 바라봤다.

그때 어처구니없게 전화가 끊긴 이후 단 한 번도 그녀와 통화를 해본 적이 없었다. 매니저 번호로 전화를 걸어도 없는 번호로 뜰 뿐이었다.

그녀가 살포시 미소를 지었다.

"그럼요. 한수 씨가 저를 정말 많이 배려해 주셨어요. 그 덕분에 저도 정글이긴 하지만 보다 더 수월하게 적응할 수 있을 것 같아 다행이에요."

"……."

한수는 어처구니없는 얼굴로 그녀를 바라봤다.

전화 통화는커녕 문자 메시지 한 건 받아본 적 없다.

그런데 지금 뭐라고?

그런 한수 모습에 형준이가 어색하게 한수를 막아섰다.

촬영 중이었다. 그리고 많은 사람이 공항을 들락날락하고 있었다.

괜한 소문이 돌게 해선 좋지 않았다.

그 이후 몇 마디를 더 주고받은 뒤 인터뷰가 끝이 났다. 그리고 각자 캐리어를 검사할 때였다.

무인도에서 자급자족하는 게 목적인 만큼 캐리어에 일체의 간식이나 식량 등은 싸 오는 게 불가능하므로 확인차 검사하는 것이었다.

차례차례 검사를 끝내고 정수아의 캐리어만 남았을 때였다.

정수아가 당황스러운 얼굴로 말했다.

"죄송하지만 제 거는 빼주시면 안 될까요?"

"예? 무슨 문제라도 있으신가요?"

"제 사생활과 관련된 물건들이 많아서요. 양해 부탁드려요."

"아…… 어, 음. 알겠습니다."

여배우의 사생활과 관련 있는 물건이다.

'그래도 카메라 앞인데 허튼짓은 안 하겠지.'

철만은 혀를 내둘렀다. 정수아는 건드릴 수 없는 성역이었다.

그녀의 팬클럽 수만 해도 수십 개가 넘었고 개중에는 가입자가 백만 명 이상인 팬클럽도 대여섯 개 가까이 됐다.

그들 모두를 안티로 돌릴 수는 없는 노릇이었다.

"그럼 출발할까요?"

차근차근 수속을 밟고 난 뒤 하나둘 비행기에 탑승했다.

한수도 그들 사이에 끼여 비행기에 올라탔다.

"음, 날씨가 좀 좋지 않아서 걱정이네요. 감독님, 문제없겠죠?"

"보통 7월에는 비가 잘 안 오던데…… 이따 가서 봐야지."

박 PD가 촬영 감독과 나누는 대화를 스쳐 들으며 이코노미 좌석에 앉은 한수는 정수아를 찾았다. 지금이라도 그녀하고 이야기를 나눠봐야 했다. 하지만 어디에도 정수아는 없었다. 그 모습을 보던 형준이가 웃으며 말했다.

"한수야, 그분은 여기 없으시단다."

그 이후로 몇 차례 더 만났고 부쩍 친해진 두 사람이었다.

형준 말에 한수가 의아한 얼굴로 물었다.

"그럼 어디 있는데요?"

"저 앞에."

"비즈니스 클래스요?"

"아니, 퍼스트 클래스."

"……방송국에서 끊어준 거예요?"

"아니. 사비로 끊었댄다."

한수는 허탈한 얼굴로 앞쪽을 바라봤다.

아무래도 그녀하고는 정글에 도착한 이후에나 대화를 나눌 수 있을 것만 같았다.

인도네시아 자카르타 공항.

공항 안은 수많은 인파로 북적이고 있었다.

지나가는 사람들은 고개를 갸웃거렸다.

그들 대부분은 현지인으로 저마다 피켓을 들고 있었는데 그 피켓에 적혀 있는 글자는 한국어였다.

한편, 비행기에서 내려 출국장으로 나오던 「자급자족 in 정글」 출연자들은 앞에서 터져 나오고 있는 환호성에 눈을 휘둥그레 떴다.

"꺄~ 언니!"

"수아 누나!"

어눌한 한국어가 곳곳에서 터져 나오고 있었다.

뒤늦게 나오던 「자급자족 in 정글」 출연자들은 앞서 걷고 있는 수아를 바라봤다.

그녀 혼자 공항에서 화보를 찍고 있었다. 그녀만 레드카펫이 깔린 영화제를 걷고 있는 것 같았다.

"진짜 인기 장난 아니네요."

"괜히 한류스타인 게 아니지."

그들은 뒤에서 쑥덕였다.

그들도 연예인이지만 수아한테는 비빌 수가 없었다.

정수아는 연예인 위의 연예인이었다.

새삼 한류스타의 위엄을 느낄 수가 있었다.

「자급자족 in 정글」 제작진들이 앞서 뛰쳐나갔다. 미리 현장 조사차 와 있던 선발대가 그들을 마중 나왔다. 그리고 준비되어 있던 대형 버스를 타고 급히 공항을 빠져나가기 시작했다.

점점 더 인파가 모이고 있었다.

경찰들이 막아서는 것도 한계가 있었다.

그때 앞서 걷던 정수아가 캐리어를 멈춰 세우더니 뒤돌아서서는 선글라스를 슬쩍 벗고는 손을 흔들어 보였다.

곳곳에서 비명이 터져 나왔다.

"저 미친."

출연자들은 다급히 뛰어야 했다. 뒤에서, 수많은 인파가 좀비처럼 그들을 향해 달려들고 있었다.

난리가 난 공항을 빠져나오며 박 PD가 한숨 섞인 목소리로 수아를 향해 따지듯 말했다.

"정수아 씨, 조금 전 행동은 정말 위험했습니다. 자칫 잘못했다가 저 인파에 깔렸으면 어쩌시려고 그러십니까?"

"팬서비스예요."

"……."

단호하고 차가운 말투에 박 PD는 차마 뭐라 말을 할 수 없었다.

방송국이 갑 중의 갑이라지만 그녀는 한 차원 위에 있는 존재였다.

방송국 전체를 떠들썩하게 움직일 수 있는 존재.

그게 바로 톱스타이기 때문이다.

부지런히 달린 버스는 얼마 지나지 않아 선착장에 도착했고 그들은 보트에 나눠 탔다.

1박 동안 그들은 각자 정해진 팀끼리 무인도에서 자급자족해야 했다.

행선지는 모두 다 불명, 정체 모를 섬에서 1박 해야 하는 상황.

헤어지기 전 그들은 각자 인사를 나눴다.

그러면서 철만도, 형준도, 석진도 다들 한수를 향해 덕담을 건넸다.

"한수 씨, 기운 내요. 내일 우리 봅시다."

"씬스틸러라는 그 실력 기대하고 있을게요."

한수 팀도 보트를 타고 선착장을 빠져나갔다.

그 보트에는 제작진과 출연자들의 캐리어와 각종 촬영 장

비들이 쌓여 있었고 배 안에는 박 PD와 송 작가, 감독들 그리고 수아의 매니저 경준도 함께 있었다.

이 보트에 메인들이 모여 있었는데 그만큼 수아를 컨트롤해야 했기 때문이다.

바다를 달리면서 한수는 기후를 살폈다.

풍랑이 거셌다.

곳곳에서 천둥 번개가 치고 있었다.

먹구름이 계속 끼는 걸 보면 곧 비가 올 것만 같았다.

'날씨가 정말 안 좋네.'

박 PD도 눈살을 찌푸렸다.

"내일 비 올 거 같은데?"

"……휴, X 됐네. 뭐 방수포는 넉넉히 가져왔으니까. 근데 보통 이때면 비 잘 안 오는데. 마가 꼈나."

"아, 이상한 말 하지 말고. 그림이나 잘 담아줘."

"이미 예술이다. 수아 씨 봐. 왜 다들 섭외 못 해 안달 나 있나 했더니 그럴만하네."

그렇게 한동안 계속해서 바다를 질주하던 보트가 멈춰선 곳은 자그마한 무인도 앞이었다.

"도착했네요."

해쓱한 얼굴의 박 PD가 배에서 내린 뒤 그제야 숨을 토해 냈다.

한수가 무인도를 둘러보며 물었다.

"이곳인가 보네요?"

"예, 여기서 1박하고 그다음 저쪽 방향에 있는 무인도에서 다 함께 모일 겁니다. 한수 씨 역할이 커요. 사실 수아 씨는 없는 사람 치는 게 편하거든요."

"피디님, 수아 씨는 왜 여기 나온 겁니까? 낮에 카메라 앞에서는 그렇게 말하긴 했지만, 막상 보니까 나올 생각은 전혀 없던 거 같던데요?"

"그게 소속사하고의 문제라서…… 그래도 카메라 앞에서만큼은 수아 씨도 프로니까요. 너무 걱정하지 않아도 될 겁니다. 어쨌든 잘 부탁드립니다."

한수는 고개를 끄덕였다.

자신은 자신이 해야 할 일에 충실히 할 생각이었다.

여기서 최대한 많은 활약을 해야 편집 당하지 않기 때문이다.

그러면 차후 방송이 나갈 때 엄청 많은 명성을 획득할 수 있을 테고 덩달아 특별한 보상을 얻는 게 가능해질 터였다.

보트에서 마저 짐을 내린 뒤 한수는 무인도를 둘러봤다. 해안가 주변은 척박했고 안쪽 깊숙이 정글이 자리하고 있었다.

어차피 제작진이 한 차례 방문해서 검토했을 테니 위험한 동물은 없을 게 분명했다.

한편, 무인도를 둘러보던 카메라 감독이 해변가를 걷고 있는 수아를 바라보며 손가락으로 카메라 렌즈를 만들며 말했다.

"캬, 그림 죽인다. 진짜."

"마음에 들어?"

"그럼. 저 뒤태 봐. 그냥 예술적인 라인이잖냐. 정수아는 어떻게 찍어도 예술이 된다더니 진짜 틀린 말이 아니네. 그냥 이건 화보야, 화보."

"시청률 높이려면 충분히 분량을 뽑아내야 돼. 형만 믿을게."

"정 안 되면 수아 씨가 비키니 한번 입어……."

"형!"

박 PD가 소리쳤지만, 그도 내심 수아가 비키니를 입으면 어떤 그림이 펼쳐질지 기대되고 있었다.

그러는 사이 세팅이 하나둘 끝났다.

카메라가 켜지고 본격적으로 촬영이 시작됐다.

그 이전부터 한수는 부지런히 움직이고 있었다.

그가 제일 먼저 한 건 지형을 살피는 일이었다.

그렇게 크지 않은 무인도였다.

가운데 자그마한 언덕이 있었고 그 주변은 죄다 정글이었다.

한수는 「자급자족 in 정글」 선발대에게 미리 맡겨뒀던 도끼

와 정글도 등 여러 장비를 꺼내 들었다.

이것들 모두 독일산으로 「자급자족 in 정글」 촬영을 위해 구비해 뒀던 것이었다.

그는 적당한 두께의 나무를 잘라내기 시작했다.

하룻밤 머물 만한 곳은 이미 찾아둔 상태.

남은 건 적당한 형태의 집을 짓는 것이었다.

오래 머물 거라면 튼튼하게 지을 테지만 지금은 비바람만 피하면 족했다. 그렇게 크지 않은 크기의 나무를 잘라낸 다음 한수는 뼈대부터 세웠다.

그것을 찍던 카메라 감독이 가볍게 탄성을 흘렸다.

"캬, 진짜 베어 그릴스가 따로 없네. 쟤는 두 달 동안 이것만 준비해 온 거야?"

"그러게. 진짜 난리다. 지금 집 짓는 거 맞지?"

"어. 하루 머물다가 갈 건데 누가 보면 여기서 며칠 살려고 하는 줄 알겠다. 크큭."

"일단 다 찍어둬. 적당히 덜어내면 되니까. 수아 씨는?"

"저쪽에 갔던데?"

힘껏 나무를 패고 집을 짓고 있던 한수에게 한동안 조용히 돌아다니던 수아가 다가왔다.

그리고 그녀가 한 아름 들고 온 나뭇가지를 내려놓았다.

"여기요."

"아…… 감사합니다."

한수가 고개를 꾸벅 숙였다.

생각해 보니 대화는 지금이 처음 나눠보는 것이었다.

아까 전 보트에서도 한마디 나눠본 적이 없었으니까.

"생각해 보니 여태 인사도 못 나눈 거 같아요. 정수아예요. 잘 부탁해요."

그녀가 손을 내밀었다.

섬섬옥수, 새하얀 손이었다.

"강한수입니다."

한수가 손을 마주 잡았다.

그때 수아가 한수를 바라보며 물었다.

"제가 또 뭐 도와드릴 거 없을까요?"

"음, 괜찮으시면 저기 제가 잘라낸 나무 좀 가져다주실 수 있을까요?"

"그럼요. 지금 가져다드릴게요."

한수는 싹싹한 수아를 보며 순간 소름이 돋았다.

정말 그녀는 카메라가 켜져 있을 때와 꺼져 있을 때가 전혀 달랐다.

조금 전 모습은 천사라고 해도 믿을 만큼 나긋했다.

그러나 아까 전 카메라가 꺼져 있을 때 그녀는 북극의 얼음보다 더 싸늘했다.

도대체 어떤 모습이 진짜 모습인지 알기 힘들 만큼 이중적인 모습을 보이고 있었다.

어쨌든 수아가 도운 덕분에 한수는 생각보다 어렵지 않게 그럭저럭 쓸만한 집을 만들어냈다.

비바람을 피할 수 있는 움막 형태의 집이었으며 일부러 허리 정도 되는 공중 높이에 침대를 설치했다.

잠든 무렵 벌레나 뱀 같은 게 불쑥 들어올지도 모를 일이었기 때문이다.

카메라로 그 모습을 빼곡하게 담은 감독은 나지막하게 탄성을 흘렸다.

"와, 진짜 예술이다. 철만이도 이렇게는 못 만들걸? 진짜 쟤 정체가 뭐냐? 한국대생이라며? 이 정도면 베어 그릴스 섭외한 거나 다름없겠는데?"

"하하."

박 PD가 웃음을 터뜨렸다. 확실히 한수는 자신이 생각한 씬스틸러가 분명했다. 그리고 방금 전 카메라 감독 말에 번뜩 떠오르는 아이디어가 있었다.

한국판 「Man vs Wild」. 그러나 지금은 아이디어에 불과할 뿐이었다.

그러는 사이 시간은 훌쩍 지나가 있었다.

그들이 머무르기로 한 1박도 거의 다 끝나가는 중이었다.

결국 그들은 점심은 거른 채 저녁을 먹기로 했다.

오늘의 요리는 물고기 꼬치구이었다.

집을 짓자마자 어느샌가 만들어 둔 작살을 갖고 바닷속에 뛰어든 한수가 단숨에 물고기 네 마리를 잡아 온 덕분이었다.

나뭇가지로 쓱쓱 해서 불까지 피워낸 한수는 깔끔한 막대기에 내장을 빼낸 물고기를 끼운 다음 굽기 시작했다.

그동안 수아는 정글에서 가져온 이파리들로 한수가 지은 집을 꾸며놓고 있었다.

이렇게만 보면 그들 팀은 순조롭게 순항 중이었다.

문제는 오디오 감독이었다.

"하, 서로 간에 말이 너무 없어. 난 무슨 휴가 온 기분이야."

"……음, 한수 씨가 저렇게 과묵할 줄은 몰랐네요. 진짜 시청자들이 보면 여기서 살려고 온 줄 알 거 같아요."

"그러니까. 네가 어떻게든 두 사람 대화 좀 시켜봐."

"예, 그래야죠."

그때 한수가 속까지 익은 꼬치구이 하나를 수아에게 건넸다.

"입맛에 맞으실진 모르겠네요. 한번 드셔보세요."

"고마워요. 잘 먹을게요."

수아는 미소를 지으며 한수가 내민 꼬치구이를 받았다.

그리고 도톰한 붉은색 입술로 야금야금 꼬치구이를 먹기 시작했다.

그녀가 먹는 모습을 보던 한수도 모닥불에 바싹 익은 꼬치구이를 집어 들었다.

간단히 간만 했지만, 입맛에 맞았다.

몇 가지 향신료만 더 있었으면 이보다 더 훌륭한 요리를 만들어낼 수 있었을 텐데 그 점이 아쉬웠다.

확실히 리얼리티 프로그램답게 환경이 열악하기 이를 데 없긴 했다.

애초에 대본조차 없다 보니 그냥 출연자들의 행동에 맞춰 카메라가 돌아가고 있었다.

그때였다.

카메라 감독이 테이프를 갈기 위해 입을 열었다.

"죄송한데 테이프 좀 갈고 갈게요."

그리고 쉬지 않고 돌아가던 카메라가 꺼졌다.

동시에 수아가 들고 있던 꼬치구이를 그대로 내던졌다.

그것을 본 한수 이마에 혈관이 투툭 돋아났다.

"……."

"박경준! 캐리어 갖고 와."

배우 사생활이 담겨 있다고 꼭꼭 숨겨뒀던 캐리어. 매니저가 다급하게 캐리어를 가져왔고 수아는 주저 없이 캐리어를 열어젖혔다.

한수는 그것을 보며 혀를 내둘렀다.

그 안에는 원터치 텐트와 다이어트를 위한 샐러드 위주의 도시락이 여러 팩 들어 있었다.

한수는 고개를 절레절레 저었다. 어떤 모습이 그녀의 진짜 모습인지 이제야 알 것 같았다.

한수와 수아, 두 사람의 1박이 끝났다.

수아는 카메라가 켜져 있을 때 잠깐 한수가 만든 공중침대에 누웠다가 카메라가 꺼지자마자 텐트를 펼치고 그 안으로 들어가 버렸다.

박 PD는 그 모습을 뻔히 보고 있음에도 뭐라 할 수 없었다.

다음 날 모든 출연자가 모이기로 한 날이 되었다. 새벽 일찍 한수 일행도 보트를 타고 넘어가고자 했다. 그런데 풍랑이 일고 폭풍우가 치고 있었다.

밤사이 어마어마한 천둥 번개가 쳤고 여전히 지금도 비가 억세게 내리는 중이었다.

"지금 배 못 띄워요! 이러다가 뒤집힙니다. 오늘 출발 못 합니다."

바다 사정에 밝은 보트 주인이 소리쳤지만, 박 PD로서는 촬영이 더 중요했다. 결국, 보트가 띄워졌고 그들은 나머지 일행과 합류하기로 한 곳으로 위험천만하게 움직이기 시작했다.

위태로운 질주가 계속되는 사이 저 멀리 거센 파도가 밀려

들었다.

　동시에, 배가 뒤집혔다.

　한수는 뜨거운 햇살을 받으며 눈을 떴다.

　배가 뒤집히는 순간 죽는 줄 알았다. 그러나 다행히 목숨을
부지할 수 있었다.

　그는 주변을 둘러봤다. 낯선 해변이었다.

　파도에 밀려 외딴 섬에 들어온 듯했다. 군데군데 촬영 장비
들과 캐리어 몇 개가 떠밀려와 있었다.

　그때 한수 눈에 들어온 사람이 한 명 있었다.

　그녀는 배우 정수아였다. 그러나 아무리 주변을 둘러봐도
그녀 외에 다른 사람은 찾아볼 수 없었다.

　그랬다.

　한수와 수아. 두 사람만 외딴 무인도에 단둘이 낙오되고 만
것이었다.

to be continued